让 我 们 一 起 追 寻

Copyright© 2010 by University of Chicago Press

Published in the United States by University of Chicago Press, Chicago, Illinois

Simplified Chinese translation copyright© 2020 by Social Sciences Academic Press

Published in agreement with the author, c/o BAROR INTERNATIONAL, INC., Armonk, New York, U.S.A. through Chinese Connection Agency, a Division of the Yao Enterprises, LLC.

一千个哈姆雷特—格林布拉特作品集

Shakespeare's Freedom

莎士比亚的自由

〔美〕斯蒂芬·格林布拉特 著
唐建清 译

Stephen Greenblatt

社会科学文献出版社
SOCIAL SCIENCES ACADEMIC PRESS (CHINA)

献给查尔斯·米

目　录

致　谢 …………………………………………… 001

第一章　绝对的限度 …………………………… 001
第二章　莎士比亚的美的印记 ………………… 020
第三章　仇恨的极限 …………………………… 055
第四章　莎士比亚与权威伦理 ………………… 084
第五章　莎士比亚与自主性 …………………… 108

注　释 …………………………………………… 141
索　引 …………………………………………… 161

致　谢

在《威尼斯商人》开场,浪子巴萨尼奥担心他"怎样了清这一切债务"。如果说我没有类似的担心,那只是因为我从来没有想过能还清自己的债务,而且因为我很感激自己欠下了这些债务。杰弗里·克纳普以特有的机智、批评家的敏锐和慷慨通读了本书初稿。给了我许多宝贵建议的有:蒂莫西·巴赫蒂、阿兰·德森、保罗·科特曼,以及芝加哥大学出版社人文学科编辑部主任阿兰·托马斯、责任编辑乔尔·斯科尔及出版社的匿名审读者。多年来,霍米·巴巴、约瑟夫·科纳、托马斯·拉克尔、罗伯特·平斯基及摩西·萨夫迪,一直对我保持着智识上的影响,他们也是我的好朋友。

本书有三章的内容源于在法兰克福的约翰·沃尔夫冈·歌德大学(也被称为法兰克福大学)的社会研究中心举办的阿多诺讲座,讲座主持人是阿克塞尔·霍赖特,他的介绍、提问和评论既平和又富有探索性。研究所的西多尼亚·布拉特和桑德拉·博费斯,以及克劳斯·赖克特、伊娃·吉尔默、卡罗琳·麦斯特、罗杰·路德克和维雷娜·劳勃泽恩,和我一同度过了那些难忘的日子。阿多诺讲座的讲稿由苏尔坎普出版社出版,克劳斯·宾德翻译,名为《莎士比亚:自由、美和仇恨的极限》(*Shakespeare: Freiheit, Schönheit, und die Grenzen des Hasses*)。另有两家德国研究机构值得一提。第一家是慕尼黑的卡尔·弗里德里希·冯·西门子研究所,感谢海因里希·迈耶主任邀请我对其进行了一次非常有收获的访问。第二家是柏林高等研究院,近十五年来,它一直是我在知识领域的第二故乡。我特别要感谢霍斯特·布雷德坎普、莱因哈特·迈尔-卡尔克斯、卢卡·朱利安尼、沃尔夫·莱彭尼斯和拉哈文德拉·加达卡。

　　阿多诺讲座的修订稿成了我在莱斯大学坎贝尔讲座的核心内容,因而也是本书的核心内容。我要感谢加里·威尔校长,还有克里斯汀·麦地那、罗伯特·帕顿,及莱斯大学英语系的诸位教师,因为我受到了他们的热情接待。我尤其愉快地结识了莎拉·坎贝尔和坎贝尔家族的其他成员,讲座由他们赞助,且他们十分积极地参与了这些活动。

　　我很幸运地在其他许多场合以讲座的形式讲述了本书的内容,每一次我都收到了宝贵的建议、疑问和不同的观点。其中有2005年在百慕大举办的美国莎士比亚协会年会;在加州大学伯克利分校的罗普斯讲座;马林学院的撒切尔讲座;菲利普斯埃克塞特学院的哈利讲座;伊利诺伊大学芝加哥分校的斯坦利·费什讲座;北艾奥瓦大学的梅丽尔·诺顿·哈特讲座;韦顿学院的简·鲁比人文讲座。我还在以下机构做了学术报告:夏威夷大学、犹他大学、内华达大学拉斯维加斯分校、俄克拉荷马州科学与艺术大学、斯托尔斯的康涅狄格大学、摩根图书馆、得克萨斯大学奥斯汀分校、达拉斯艺术博物馆、威斯康星大学麦迪逊分校、波士顿大学、海瑟薇·布朗学校、伊丽莎白城学院、戴维森学院、奥斯汀学院、普维敦斯学院、安大略的女王大学、埃默里大学、大峡谷州立大学、纽约的新学院、耶鲁大学法律理论研讨会,以及我所在的哈佛大学。我也很荣幸能够在国外一些机构讲述本书的部分内容,如剑桥大学的莱斯利·斯蒂芬讲座、都柏林的爱尔兰皇家学院、伊斯坦布尔的海峡大学阿普图拉·库兰纪念讲座、柏林的阿尔弗雷德·赫尔豪森协会国际论坛、柏林的温弗莱德·弗拉克会议、布达佩斯的中欧大学、挪威斯塔万格无国别节、威尼斯国际犹太研究中心、埃及亚历山大里亚的新亚历山大图书馆、罗马大学、剑桥大学彭布罗克学院、葡萄牙波尔图的西班牙和葡萄牙英国文艺复兴研究会、华沙大学、锡耶纳大学的视觉艺术研究所。我要感谢在这些机构及其他机构中工作的许多人，他们中既有我的好朋友，也有陌生人。我要感谢的人的完整名单很长，不过我首先要感谢：大卫·贝克、沙乌尔·巴斯、大卫·贝文顿、约翰·鲍尔斯、丁普娜·卡拉汉、理查德和罗莎琳德·迪尔洛夫、玛格丽塔·德·葛拉齐亚、希瑟·杜布罗、埃德海姆·埃尔代姆、约翰·费韦尔、尼吕费尔·戈莱、已故的戈登·欣克利、克里斯托弗·赫金斯、伯纳德·尤森、路易斯·梅南、保罗·莫里森、文森特·佩科拉、伊什特万·列夫、伊斯梅尔·萨拉杰丁、黛博拉·辛普森、莫莉·易索·史密斯、查尔斯·惠特尼及苏珊娜·沃福德。在研究和书稿方面我还得到了以下人士的宝贵帮助：克里斯汀·巴雷特、索尔·金·本特利、丽贝卡·库克、凯利·黑格、比阿特丽斯·凯辛格、艾米莉·彼得森、乔尔·斯科尔及本·伍德林。

我最要感谢的是我的儿子们，乔希、亚伦和哈里，以及我亲爱的妻子拉米·塔果夫。拉米不对书中的任何错误负责，但是，由于我很高兴地和她一起讨论了本书的几乎所有内容，因此她能对本书中一切有价值的内容"负责"。

我很高兴地把本书献给一位亲密的朋友和才华横溢的剧作家：查尔斯·米。

第一章　绝对的限度

作为作家的莎士比亚是人类自由的体现。他似乎能够运用语言去言说他想象的任何事物，构思任何角色，表达任何情感，探索任何观念。虽然他生活在一个等级森严的君主制社会中，是被束缚的对象，且在这个社会里，言论和印刷都受到监管，但他拥有哈姆雷特所说的自由灵魂。自由——这个词及其变体他使用了数百次。在他的作品中，"自由"意味着"被限制的、被囚禁的、被约束的、不敢明说的"的反义词。那些被称为自由的人是不受阻碍和不受限制的、慷慨和宽宏大量的、坦率和开放的。人们并非到了现在才认识到莎士比亚作品中的这些品质。他的朋友及竞争对手本·琼生（Ben Jonson）就说过，莎士比亚是一个非常"开放和自由"[1]的人。

然而，如果说莎士比亚是自由的缩影，那么他也是限制的象征。这些限制并没有对他的想象力和文学天赋构成束缚。无疑有这样的束缚存在——尽管他有神圣的光环，但他毕竟是一个凡人——不过我和其他人一样，对他成就中显然具有的无穷力量和远见卓识感到震惊。不，他所象征的限制是那些他在自己的整个职业生涯中不断揭示和探索的，即当他将那令人敬畏的智慧运用到任何绝对的事物上时。这些限制是他获得特殊的自由的有利条件。

莎士比亚生活在一个绝对主义的世界中。更确切地说，他生活在一个充斥着绝对主义主张的世界中。这些主张并不是早期的、更原始的时代的遗物,虽然它们穿着古代的长袍,但它们代表的是新事物。莎士比亚父亲一代的宗教激进分子成功地挑战了教皇的绝对权威,却又对《圣经》和信仰的权威提出了相当极端的要求。在受到加尔文启发的英国神学家看来,上帝不再是卑贱的凡人可以通过祈祷、禁欲式自律和其他礼制来与之商谈的一位君主。神的决定是不可理解和不可撤销的,也不受任何中介、契约或法律的约束。同样,在莎士比亚生活的两朝君主统治时期①,王室律师们精心打造了一个凌驾于法律之上的王权概念。王室绝对主义(Royal absolutism)是一种虚构的概念——实际上,君主的意志受到议会和其他许多根深蒂固的势力的约束,而《圣经》的绝对权威也受到无数制约。然而这样的绝对主义主张一再被提出,而且它们尽管明显经历了失败,但看起来并不荒谬,因为它们与宇宙由一个绝对的、无所不知、无所不能的上帝统治的主流观点相呼应。确实,在莎士比亚的时代,那种认为神明拥有强大但有限的力量——如希腊和罗马诸神——的观念似乎不再令人信服,人们认为,这是将恶魔置于真正的上帝之位的结果。

伴随着对全能上帝的信仰出现的是一整套相互关联且相互交织的绝对真理:爱、信仰、恩典、诅咒、救赎。在天主教神学和艺术中,这些观念早已被剥夺了任何折中或妥协的姿态:教堂大门上最后的审判的场景中不会出现未解决的事件或为中间地带腾出空间。这一核心图景的绝对本质,如果有什么不同

---

① 即伊丽莎白一世(Elizabeth I,1558~1603 在位)和詹姆士一世(James I,1603~1625 在位)时期。(本书脚注均为译者注)

的话,那是被彻底去除炼狱(Purgatory,灵魂的暂时性中间状态)的新教强化了,新教同时还扫除了圣徒和圣母马利亚的中介力量,否定了"善行"的功效。

莎士比亚不是神学家,他的作品也不干涉宗教教义,但他在这样一种文化中长大:其官方声音坚持绝对神圣的自由、无限的神圣之爱、唯一的信仰、先在的恩典、永恒的诅咒,以及一劳永逸的救赎。他也知道,在反映宗教观念的社会理论和政治理论中,同样存在对权威的过分诉求,即国王对臣民的权威,父亲对妻儿的权威,老人对青年的权威,绅士对平民的权威。令人惊讶的是,他的作品虽然对人的每一个幻想和渴望都很敏感,却对他的世界中普遍存在的绝对主义倾向,从形而上的到世俗层面的,都很讨厌。他的国王们一次又一次地发现,如果想要生存下去,就必须在这些制约中有所作为。他的将军们纸上谈兵、发号施令,却发现战场上的现实与他们的计策背道而驰。同样,他骄傲的牧师们也因自命不凡而受到嘲笑,声称与神有直接交流的宗教幻想家们则被揭露为骗子。

最重要的是,似乎正是他笔下的恋人们一次又一次地遇到社会或自然给最崇高的且看似无拘无束的激情设定的界限。"这是恋爱的可怕之处,姑娘,"特洛伊罗斯对克瑞西达说,"意愿是无限的,实际行动却是有限的;欲望是无穷的,行动却是限制的奴隶。"[《特洛伊罗斯与克瑞西达》(*Troilus and Cressida*)第三幕第二场 75~77 行][2]① 带着有点俏皮的神情,罗瑟琳安慰患相思病的奥兰多,"人们一代一代地死去,蛆虫

---

① 本书中引自莎士比亚戏剧的台词,均参考了《莎士比亚全集》,朱生豪等译,人民文学出版社,1984 年版。

吃了他们的尸体，但他们并不会为爱情而死"（《皆大欢喜》第四幕第一场91~92行）。莎士比亚的喜剧中存在一种独特的奇迹，那就是爱情的珍贵和热烈并没有因为这些限制而减弱，反而得到了加强。但悲剧中的恋人——罗密欧和朱丽叶、奥瑟罗、安东尼——拒绝承认自己受到任何限制，他们的拒绝便不可避免地为他们带来死亡和毁灭。[3]

本书中我的兴趣在于莎士比亚建立并探索绝对主义主张的界限的方式。在随后的章节中，我关注的是四个潜在的问题，莎士比亚的想象力始终被它们吸引，且它们贯穿了他创作的多种类型的作品。这些问题涉及美（beauty）——莎士比亚对崇拜"无特征的完美"（featureless perfection）的日益加深的质疑，以及对不可磨灭的印记的兴趣；否定（negation）——他对凶杀的仇恨的探索；权威（authority）——他对权力的行使的质疑和接受，包括他自己对权力的行使；自主性（autonomy）①——艺术自由在他创作中的地位。

虽然我打算让这些章节各自独立，即每章都对莎士比亚作品中的重要关注点进行单独且明确的阐释，但它们在本书展开的讨论中是联系在一起的，这与下述事实有关：我的四个主要关注点都是西奥多·阿多诺（Theodor Adorno）②一直在写作中进行理论反思的对象。事实上，这位哲学家对这位英国剧作家并不是特别感兴趣，也很少写关于后者的文章，但阿多诺在他整个职业生涯中遇到的许多棘手的美学问题都是紧随着被他称为莎士比亚对"人类无限丰富的个性的突破"而出现的。[4]

---

① 本书中根据上下文相应译为"自律"、"自主"或"自主性"。
② 1903~1969，德国哲学家。

这种突破在我看来源于莎士比亚作品中出人意料的艺术转向，它惊人地背离支配文艺复兴时期艺术品位的审美标准。莎士比亚从未正式否定这些标准，但他作品中最能激起人们强烈欲望的人物——十四行诗中的黑肤美人、维纳斯、克莉奥佩特拉，以及从《爱的徒劳》（*Love's Labour's Lost*）中的罗瑟琳到《辛白林》（*Cymbeline*）中的伊摩琴这些浪漫女主角——是通过与传统期望拉开距离而实现个性化（individuation）的。她们之所以令人难忘、与众不同、富有魅力，正是因为她们未能符合莎士比亚和其同时代人所认同的"无特征"的理想准则。人们认为，偏离这一准则会带来出现缺陷或变得怪异的风险，而且实际上，莎士比亚最感兴趣的美的形式，与他所在时代的文化所认为的丑陋十分接近。但这种危险的距离正是个性化的代价。

激进的个性化——未能或拒绝符合主流文化期待的人的独特性，也被认为是一种不可救药的与众不同——在他所有戏剧和诗歌中都或多或少地存在，但也许能展现这一特点的最生动例证不是莎士比亚的女主人公，而是两个令人不安的他者形象——夏洛克和奥瑟罗。犹太人夏洛克和摩尔人奥瑟罗不只承受了败坏名声的风险：在他们所在社会的主流文化中，几乎所有人都把他们定义为丑陋的。如果苔丝狄蒙娜对奥瑟罗的爱证明了所谓丑陋与美丽的惊人接近，那么她表达他的魅力时所说的话就反映了社会准则的持续性力量："我在他的心中看到了他的容貌。"（第一幕第三场 251 行）

《威尼斯商人》（*The Merchant of Venice*）和《奥瑟罗》（*Othello*）中的他者性（Otherness）远不是一种诱惑的标志，而是一块仇恨的磁石。在夏洛克的例子中，这种仇恨不仅针对他，而且他也完全给予了回应；它实际上吞噬了邪恶的伊阿古。遏制这种仇恨，或为一个社会可承受的目的改造它，是当政者的职责之一。这至少是《威尼斯商人》中的公爵和法庭以及《奥瑟罗》中元老的任务。但这一任务中存在诸多困难，如无论在喜剧还是悲剧中都困扰着那些权威人士的反讽、约束、复杂动机和不当之处。它们正如我试图表明的那样，是莎士比亚对权力的极限进行更深入探索的一部分。

在莎士比亚的作品中，似乎唯一不受限制的权力是这位艺术家自身的权力。在他拥有无限天赋的领域内，他作为剧作家和诗人的权威似乎是完全自由和不受制约的。然而，莎士比亚在其职业生涯中反复思考着这样一个问题：他或者其他人是否能够或应该拥有我们所说的审美自主权？我认为，他对这个问题的最能引起他人共鸣的回应，是《暴风雨》（*The Tempest*）中普洛斯彼罗决定折断魔杖并请求宽恕时说的话：

> 你们有罪过希望别人不再追究，
> 　愿你们也格外宽大，给我以自由。（收场诗 19～20 行）

普洛斯彼罗的话出现在此剧的最后，此时也已接近莎士比亚漫长而曲折的人生之路的尽头，这一路上充满了非常多样化的诗歌和戏剧。在这段旅程的不同阶段，在引人入胜的对个性的构想的驱使下，莎士比亚发现了独特的美，直面了他者性引起的仇恨，探索了权力的伦理困惑，并接受了他自己的自由受到的限制。虽然它们来自相同的愿景，我们不应该期待这些反复出现的因素在他的作品中会同时发生，因为它们倾向于朝不同的方向拉扯，并将自身与不同类型的莎士比亚的作品联系在一起。但它们可能会在一个瞬间同时出现在一个奇怪的角色身上，仿佛他或她突然被一道闪电照亮了。

《一报还一报》(Measure for Measure)中就有这样一个情景。该剧是莎士比亚一部有关替代者及替代品的喜剧，剧中乔装打扮的维也纳统治者文森修公爵需要一个头颅，随便哪个人的头颅，以便蒙骗那个虚伪的代理人安哲鲁，因为后者下令处死善良的克劳狄奥，并要求将其头颅带给他本人。这一死刑判决很不公正，但并不违法：克劳狄奥确实违反了一项法令，应被定为死罪。事实上，这项法令之前从未被执行过；且克劳狄奥和孕妇朱丽叶确实结了婚，只是没有举办最后的正式婚礼；与此同时，安哲鲁自己与克劳狄奥漂亮的姐姐依莎贝拉通奸淫乱，但这些都不能使克劳狄奥脱罪。

依莎贝拉恳求安哲鲁赦免她弟弟的性命，她呼吁人们注意那些对自己的同胞行使权力的人的荒唐和专横。一个小官员"掌握了暂时的权力"，就要卖弄威风，仿佛是个神灵，并

> 像一头盛怒的猴子一样，
> 在神明面前装扮出种种怪相
> 使天使也为之哭泣，倘若诸神脾气和我们一样，
> 他们笑也会笑死的。（第二幕第二场 121~126 行）

当安哲鲁问她为什么对他说这些话时，依莎贝拉回答说这是权力的问题：

> 因为当权者虽然像别人一样有错，
> 却可以凭借他的权力，
> 把自己的过失轻轻忽略。（第二幕第二场 137~139 行）[5]

但那些当权者掩盖腐败行为的能力，即制造一层假面，将恶习遮盖起来的能力并不是重点。"陪审团决定罪犯的生死"，安哲鲁先前冷漠地说，"在宣誓过的十二个陪审员里，可能有一两个盗贼，他们所犯的罪可能比他们所判决的人所犯的更重"（第二幕第一场19～21行），但此种状况并没有使针对偷盗的法律无效。同样，禁止私通的法律也不取决于执法人员的正直。安哲鲁既意识到自己的两面性，也意识到自己所下达判决的法律效力，他下令道："为了让我更满意，克劳狄奥的首级要在五点前送到我这儿。"（第四幕第二场113～114行）

虽然公爵完全知道他的代理人背信弃义，但由于他暂时离开了统治者之位，装扮成一个教士，因此不能也不会简单地宣布法律不公正。相反，他选择用诡计来蒙骗安哲鲁。碰巧那天晚些时候，另一个名叫巴那丁的死刑犯也要被处决，公爵提议狱吏提前几个小时执行巴那丁的死刑，以便把巴那丁的头，而不是克劳狄奥的头，送给残忍的安哲鲁。

莎士比亚笔下的这个狱吏被描绘为一个特别有同情心的人，但他并没有因为要缩短死刑犯的生命而畏缩。相反，正如狱吏所描述的那样，这个特别的囚犯，似乎没有引起剧中任何人的同情。在一段奇怪的、看似没有必要的——且与此剧正在迅速接近高潮的复杂情节无关的——对话中，莎士比亚为一个理应被砍头的生命提供了一幅速写。每一个细节都被精心挑选以减少人们的同情：

> 公爵：下午要处决的那个巴那丁是个什么人？
>
> 狱吏：一个出生在波希米亚，但在这儿长大的人，在

牢里关了九年了。

公爵：那个外出的公爵为什么不把他放了或把他杀了？我听说他惯常是这么做的。

狱吏：他的朋友仍在为他奔走疏通，他所犯的案子，直到现在安哲鲁大人管事，才有了确凿的证据。

公爵：案情现在已经明白了？

狱吏：再明白不过，他自己也不否认。（第四幕第二场 110～129 行）

巴那丁不是本地人，但他生活在这儿，并在这儿杀了人，因此他甚至无法以初来乍到或不熟悉这儿的借口来减轻自己的罪行。虽然死刑通常会立即执行——在莎士比亚的英格兰，惩罚通常是在宣判后直接执行的，就像克劳狄奥的判决原定的程序那样——但巴那丁在牢里已关了九年，部分原因是他朋友的帮忙，部分原因是他的罪行尚未确定。不过，现在他的罪行"确凿"了，而且罪犯自己也不否认。

结案了。即使对一个毫不费力就能书写出对生活的生动观照的剧作家来说，这些补充细节似乎也已经足够了，但莎士比亚仍不满足。如果九年的监禁表明，这个杀人犯活在世上的时长已超过了其应有的时间，那它也提出了道德改革的可能性，而道德改革是该剧一再关注的主题。忏悔通常不会带来赦免，人们通常以为所有的罪犯都会在判决执行前进行忏悔且因即将见到造物主而感到恐惧；但忏悔可能会使局面稍微缓和一些，并使为一个被砍掉的头颅而加速处决巴那丁一事变得有点不协调。

因而对话继续，以便打消这种可能性：

公爵：他在监狱里自己知道悔改吗？他心里感觉怎样？

狱吏：在他看来，死就像喝醉了睡着一样，没什么可怕的；对于过去、现在或将来的事，他不关心，不计较，也不害怕；他对死没有什么感觉，可他是个彻头彻尾的凡人。

公爵：他需要劝告。

狱吏：他可不想听什么劝告。他在牢里始终自由自在。给他逃走的机会，他也不逃。他一天到晚喝酒，连续几天醉醺醺的。我们经常把他叫醒，假装要拖他去砍头，还给他看一张假造的公文，但他一点也不在乎。（第四幕第二场 130~141 行）

"彻头彻尾的凡人"：这一说法中的人实际上在道德上已经死了，他既不寻求自由，也不害怕毁灭。

在这部剧中，甚至可以说在莎士比亚的所有戏剧中，有关害怕毁灭的最有力表述出现在被判死刑的克劳狄奥绝望地恳求他姐姐帮助他逃脱即将到来的处决时：

是的，可是死了，到我们不知道的地方去；
长眠在阴寒的囚牢里发霉腐烂；
让这有知觉、温暖而活跃的生命
化为泥土，生气勃勃的灵魂
沐浴在火焰一样的洪流里，或者
幽禁在寒气砭骨的冰山；
昏天黑地的飓风将它吞卷，

> 回绕着上下八方肆意狂吹；
> 或者有比一切无稽的想象所能臆测的
> 更大的剧痛——那太可怕了！
> 最痛苦最令人厌倦的世上生活，
> 无论衰老、病痛、贫困和监禁；
> 比起我们害怕的死亡，
> 能活着就是天堂。（第三幕第一场118~132行）

正是在这一惊人场景和贯穿整部戏剧的对死亡的恐惧中，我们听到了那奇特的陀思妥耶夫斯基式的音符，它响了一两秒钟才消失：好心的狱吏和其助手曾多次叫醒巴那丁，给他看一张虚假的行刑令，并告诉他，他即将被处决，但每次都发现这个犯人无动于衷。

难怪没人担心可怜的巴那丁的悲惨生命会被缩短几个小时。但对于用一个头颅代替另一个头颅的想法，狱吏确实直接表达了异议：克劳狄奥和巴那丁，安哲鲁都见过。乔装打扮的公爵回答道：

> 哦，死亡是个伟大的伪装者，你可以再把他的头发剃光，胡子扎起来，就说犯人想要忏悔，死前要求这么做；你知道这是通行的惯例。（第四幕第二场161~164行）

一个头颅很容易代替另一个头颅。

狱吏又提出异议：他是个官员，发誓执行上司的指令，而他的上司明确命令他处死克劳狄奥，巴那丁的处决就在那天晚些时候。对此异议，公爵同样依据互换性的逻辑给出了回答：

11 狱吏：原谅我，好师傅，这是违背我的誓言的。
公爵：你向公爵宣誓还是向代理人宣誓？
狱吏：向他也向他的代理人宣誓。（第四幕第二场167~169行）

随后，公爵给审慎的狱吏看了一封作为替代的信，这封信代表了公爵的意志并取消了安哲鲁的命令。当然，并不是什么信都有效，必须有证明此信真实的标志——信上有公爵的亲笔签名和印章。狱吏被叫来验证，"我相信你认识他的笔迹，这印章你也见过"（第四幕第二场177~178行）。

这封密谕代替不知踪迹的公爵，取代了公爵的替身即代理人安哲鲁的权威，并授权用一个囚犯代替另一个囚犯："把刽子手喊来，把巴那丁的头砍了。"（第四幕第二场188~189行）在一点伎俩——脸刮一下，胡子扎起来——的帮助下，死亡就能弥补或至少掩盖所有的差异。确实，有了伎俩，甚至活人间的差异也不太大。戏剧依赖的是出身低微的演员令人信服地模仿王子，除借助伎俩外，它还能如何兴旺发达呢？与戏剧的根本条件相呼应的是，《一报还一报》的情节转向了令人肃然起敬的"床上陷阱"（bed trick），即在黑暗中一个情人的身体是不可能与另一个相区分的。替代盛行。

在公爵下令斩首巴那丁之后，莎士比亚马上让从皮条客晋升为助理刽子手的小丑庞贝上场。庞贝就其他囚犯进行了一段滑稽的介绍，因为其中许多人是他在妓院里认识的主顾：

头一个是纨绔少爷……还有一个舞迷少爷……还有傻大爷、风流哥儿、贾黄金、喜欢拿刀动剑的磁（瓷）公鸡、专门给人吃闭门羹的游荡子、在演武场上显手段的快马先生、周游列国衣饰阔绰的鞋带先生、因为醉酒闹事把白干扎死的烧酒大爷。(第四幕第三场 3~15 行)

这一连串奇怪的人名将观众带回 16 世纪中叶的道德剧里,那里面的人物有这样的名字:新幌子、现今、酗酒、欲望、胡闹、健壮的青年①。这些名字表示人物的品质或状态——确实有部剧就叫《普遍状态》(*Common Conditions*)——且代表某种匿名性,或更确切地说,一种几乎普遍的可替代性。任何人都可以成为一个"酗酒"或"欲望"。因而最伟大的道德剧的标题为《普通人》(*Everyman*)。

但在《一报还一报》中,正是在这个时刻,奇怪的事情发生了:在展现了乌托邦式反抗的超现实场景中,巴那丁打破替代的逻辑,断然拒绝被斩首。行刑的刽子手阿伯霍逊和助手庞贝叫那个死囚犯"起来杀头去":

阿伯霍逊:喂,巴那丁!
巴那丁: (在内) 他妈的!谁在大呼小叫?你是哪个?
庞贝:你的朋友,先生;刽子手。你得表现好点,先生,起来去受死。
巴那丁:滚开,混账东西,滚开!我要睡觉。
阿伯霍逊:让他醒醒,还得快点。

---

① 原文分别为 New Guise、Now-A-Days、Tipple、Desire、Mischief、Lusty Juventus。

> 庞贝：求你啦，巴那丁大爷，醒来去杀头，杀了头再睡。
>
> 阿伯霍逊：进去把他拖出来。
>
> 庞贝：他来了，先生，他来了。我听见他的稻草沙沙响。（第四幕第三场 18~30 行）

"我听见他的稻草沙沙响"这句话，因简单而完美，标志着一种原始的生命，最基本的动物意义上的生命。另外，当巴那丁终于出场时，这个在监狱里等待被处决的悲惨的酒鬼杀人犯，莫名其妙地坚持他的权利："无论如何，要我今天就死我是不答应的。"（第四幕第三场 48~49 行）这种固执很荒唐，因而公爵下令把他拖到刑场去。但公爵是一个对道德异常敏感的人，过了一会儿他又重新考虑说：

> 他是一个毫无准备的家伙，现在还不能让他去死；
> 要让他心里明白他现在该死，
> 是上天所不容的。（第四幕第三场 59~61 行）

这一道德困境很快便得到解决：公爵被告知，有个犯人刚死于热病，他的头颅十分合适。巴那丁免于一死，临近该剧终场时，因一连串不甚合理的赦免，他被释放了。没有忏悔的迹象，没有改过自新的言论。只有无罪释放。

这里发生的一切都与再现现实生活无关。我们面对的是喜剧领域，而不是现实生活。在 17 世纪早期的伦敦，像巴那丁这样的罪犯，其尸体会被吊在绞刑架上，我们可以肯定他们没有机会逃脱死刑。那这是怎么回事呢？巴那丁对情节而言不是必要人物，头颅最终来自另一个人，即那个恰好在合适的时候因发烧而死的囚犯。那个囚犯完全可以早点死，以免让我们看到死不悔改、十分固执的凶手莫名其妙得到赦免的奇特场景。巴那丁可有可无，但又如此戏剧性地引人注目，他正是艺术家重塑世界的自由的象征。

然而，这个奇特的人物——出于莎士比亚的精心构思——是艺术自由的最不可能的象征。他被囚禁、醉醺醺、肮脏、在稻草中沙沙作响，这个被判决的罪犯巴那丁是所有世俗的凡人的化身。剧终时公爵对他说：

> 他们说你有一个冥顽不化的灵魂，
> 你一生在浑浑噩噩中过去，
> 不知道除了俗世还有其他世界。你是个罪无可赦的人。（第五幕第一场 474~476 行）

紧接着这些话的是一场完全不合情理的宽恕，这种宽恕象征着君主对臣民生死予夺的权力，更重要的是，象征着剧作家中止或改变一切普通的社会规则的权力。但不同于统治权，剧作家的权力无法延伸到剧场之外。莎士比亚的许多剧作家同行——如克里斯托弗·马洛（Christopher Marlowe）、托马斯·基德（Thomas Kyd）、托马斯·纳什（Thomas Nashe）、本·琼生、托马斯·米德尔顿（Thomas Middleton）及托马斯·德克尔（Thomas Dekker）——都直接或间接受各自作品牵连而进过监狱。即使莎士比亚在其一生中设法避免了这种命运，但他很清楚，他也很容易发现自己被囚禁在了牢房里，像可怜的巴那丁一样在稻草堆里瑟瑟发抖。

《一报还一报》让我们看到了后来被称为"审美自主性"的种子，但该剧是一部著名的"问题喜剧"，充满了道德上的含糊不清、幽闭恐惧症状，以及对人性中某种难以驾驭的东西的无能为力之感。它完全可以被作为一部喜剧来观看，这与巴那丁身上体现的另一种品质密切相关：他身上那种强烈的、令人意想不到的、不可被削弱的个性。

虽然巴那丁只在剧中客串了一个片段，但他绝不是那种小丑式的缺乏特征、可以被替换的囚犯。他拒绝被当作替代品，这与他坚持的个性和独特性是一致的。作为一个有个性的人，他在剧中留下了自己的印记，或者更确切地说——鉴于他的道德和肉体的本性——留下了自己的污点。与理想化或具有抽象意义的品性截然相反的是，巴那丁的个性与公爵所说的他那冥顽的灵魂，以及他对于恰当的社会规范的拒绝或不适应是分不开的。

巴那丁这一独特形象为介绍本书的两个主要关注点提供了方便：其一，莎士比亚在多大程度上认为自己的作品拥有独立的法则；其二，莎士比亚在多大程度上是通过背离其文化所珍视的规范来塑造个性的。莎士比亚被自主的梦想迷住了，这一梦想在巴那丁断然拒绝被绞死和公爵断然同意赦免巴那丁这两处都隐约可见。正如我们将要看到的，在《仲夏夜之梦》（*A Midsummer Night's Dream*）和《科利奥兰纳斯》（*Coriolanus*）这类剧中，莎士比亚对这些想法有更充分、更详尽的探索。但无论是他工作的剧场的条件，还是他自己的道德认识，都使莎士比亚无法将自主的梦想扩展到艺术家本人身上。

莎士比亚认识到他的艺术取决于一种社会认同，但他并没有简单地服从他那个时代的常规。相反，如我将论证的那样，他既强化了常规,又颠覆了它们,在那些只被视作丑陋和异样的象征的污点、痕迹、污渍、疤痕和褶皱中发现了一种意想不到的、自相矛盾的美。就此而言,巴那丁既丑陋又有一种怪诞的美,他那不可被削弱的个性正是合适的出发点。

巴那丁,这位执迷不悟的杀人犯,他开口的第一句话就是诅咒,这也许可以将我们引向本书另一个关注点,即莎士比亚着迷于把对绝对自由的渴望和对绝对个性化的渴望融合为一种顽固不化且凶残的仇恨的过程。我们对巴那丁的罪行几乎一无所知,只知道他杀了人且对自己的行为毫不后悔。但在其他作品中,莎士比亚对否定与个性化之间的关系进行了深入探索。因此——以他笔下最伟大的人物之一为例——正是凭借对毁灭的渴望,夏洛克这个令人难忘的形象拥有了自己的个性。

夏洛克的仇恨是有限的。毕竟,他想置敌于死地,但又不想触犯法律。而且他的个性也有局限性,或者更确切地说,该剧中的社会群体设法迫使他做出改变并消失。《威尼斯商人》上演几年后,莎士比亚又回到了仇恨的主题上,构想了一个不受限制、不会消失的人物。他赋予他的角色恶魔艺术家——一个为了构建完美的情节不惜一切代价的狡猾剧作家——的特质,并称其为伊阿古。《奥瑟罗》终场时伊阿古执拗地一言不发的情景是一出令人痛苦的悲剧,能与它相对应的正是莎士比亚在《一报还一报》中用来结束巴那丁的故事的那段喜剧般的沉默。

巴那丁在一连串毫无理由、毫无动机的赦免中得到了奇怪的赦免,这把我们引向了本书的又一个关注点,即莎士比亚对权力的伦理模糊性有着深刻的认识,包括对他自己作为剧作家的权力。《一报还一报》的整个前提是公爵对统治的不安,这种不安导致他从公众视野中溜走。他以惊人的反戏剧语言描述了自己的秘密撤离：

> 我爱我的人民，
> 可是不愿意在他们面前招摇。
> 虽然他们对我有好感，但我不喜欢
> 他们鼓掌和热烈欢呼；
> 我也不认为，审慎的人
> 会喜爱这一套。（第一幕第一场 67~72 行）

公爵随后透露，他将权力移交给代理人的举动中存在着深远考虑：十四年来，他一直未能执行他所在城市的"严格的法规和最严厉的法律"（第一幕第三场 19 行），因此对权威的尊重实际上已经消失了：

> 胆大妄为的人对法律嗤之以鼻，
> 正像婴儿殴打保姆一样，
> 法纪荡然无存。（第一幕第三场 29~31 行）

17 如果他突然执行法律，由于他这么多年的"放纵"（第一幕第三场 38 行），他会被认为是一个暴君，但他的代理人"可以凭借我的名义重整颓风"（第一幕第三场 41 行）。

无论如何，这就是他的设计，但这明显是一个失败的设计。代理人的"重整颓风"是一场灾难，而公爵要解决这种充满虚伪行径、诬告、诽谤和滥用权力的行为的混乱局面，只能通过在公众面前表演他自己的戏码，并接受公众响亮的掌声和热烈的欢呼声，而这正是他鄙视的。他从权力中撤退的企图被证明是不可能的，尽管他对操纵、掩饰、揭露和宽恕的表演让无辜者得到了赦免——此剧有个喜剧性结局——但他同时也让这座城市完全回到了开始时的道德混乱状态中。

对戏剧性权威（theatrical authority）的行使，同政治权威和舞台权威一样，是无法轻易回避的。公爵的撤退企图，就像莎士比亚戏剧中其他类似的尝试一样，带来了意想不到的、可能是灾难性的后果。但莎士比亚没有明确认同《一报还一报》中克劳狄奥所说的"威权就像一尊天神"（第一幕第二场100行）。如果说对那个有罪且被当众羞辱的安哲鲁来说，这位公爵，凭其对隐藏之物的洞察力，就像"天上的神明一样"（第五幕第一场361行），那么对放荡不羁的浪子路西奥来说，他就是"那个惯会偷偷摸摸的疯癫公爵"（第四幕第三场46～47行）。此剧不允许人们选择一个或另一个形象，也不允许选择介于两者之间的某种形象。相反，正如一代又一代观众证实的那样，莎士比亚的"问题喜剧"会引起一种奇怪的、令人不舒服的反应，这种反应在阿多诺和霍克海默对文化产业的酸涩描述中被部分传达出来："人们发笑，是因为没有什么可笑的。"更确切地说，正如依莎贝拉（她本人不相信绝对之事）说的那样，看到人类卖弄权威的奇观，看到它的荣耀和它那"让空中充满雷声"的荒谬之处，天使会流泪，但如果他们是人类，他们笑也会笑死的。

第二章　莎士比亚的美的印记

莱昂·巴蒂斯塔·阿尔贝蒂（Leon Battista Alberti）在《建筑艺术》（*Art of Building*）的一个颇具影响力的段落中说，美"就是一个事物各部分的合理和谐，因此什么都不能再被添加、被取走或被改变，否则只会变得更糟"。这个定义的巧妙之处在于它对特性（specificity）的整体性拒绝。并不是这个或那个特定的特征，而是一个整体中所有部分之间的相互关系使事物变得美丽。没有多余的，也没有缺失的。如阿尔贝蒂为佛罗伦萨新圣母大殿设计的正立面，它建于15世纪50年代，美感来自其构成元素间的对称、平衡和优雅比例（见图1）。在阿尔贝蒂看来，添加在已有整体上的事物，无论多有魅力，多引人注目，都不能被算作美，而只是装饰。"美是一种内在属性，如果一个事物被认为是美丽的，那么美贯穿于该事物的整体；而装饰，则不是内在的，它具有附加物或额外之物的属性。"[1]

最后这充满智慧的描述，同样适用于一幢建筑、一副面孔或一首十四行诗，它有助于解释为什么文艺复兴时期对美的描述，包括莎士比亚的描述，很少有与特征相关的内容。在莎士比亚的作品中，人们对美的反应无处不在，而且往往非常强烈，但借用穆齐尔（Robert Musil）的话来说，它们大多"没

图 1　莱昂·巴蒂斯塔·阿尔贝蒂，佛罗伦萨新圣母大殿的正立面（建于 15 世纪 50 年代）（© TPG）

有特质"。"你那众目共睹的无瑕的芳容，"第 69 首十四行诗这样开头，"谁的心思都不能再加以增改。"① 这个年轻人的行为引起他人对他的内心生活产生不同看法——"便加给你的鲜花以野草的恶臭。"具有讽刺意味的是，这个事实框定并没有减少他外在形象的苍白的完美。心爱之人的可见之美并没有给想象留下任何东西，没有某个部分都被明确指出来这一点更

---

① 十四行诗中译参考了梁宗岱先生的译文。

是强化了这样一种感觉，即效果不是由这个或那个吸引人的属性产生的，而是由对理想比例的和谐组合产生的（见图2、图3）。这种组合是文艺复兴时期艺术家们的梦想，我们可以在达·芬奇的《抱银貂的女子》（*Lady with an Ermine*，见彩图）——尤其是在用来刻画那位女士的衣服、珠宝和头发的线条中——窥见它，它让那些完美形象的抽象线条变得栩栩如生。这幅画拥有一种非凡的、高度个性化的、令人不安的表现力，但这种表现力并不存在于画中女子那张几乎毫无表情的脸上，而是存在于她那非常奇怪的手和她抱着的银貂上。同样，在达·芬奇为吉内薇拉·班琪（Ginevra de'Benci）所作的画像中，背景中刺状的杜松树有一种特殊的、持续的表现强度，而这种强度在画中女主角的完美无瑕和心理上难以接近的特征中则是明显缺乏的。

正如文学史家和艺术史家所展示的那样，这些特征经过了仔细的校准，以产生和谐的总体效果，而这种校准则需要消除任何独特的、个性化的印记，结果就是一种实质上的系统性非个性化（Programmatic impersonality）。在彼特拉克和薄伽丘之后，文艺复兴时期的诗人和画家建立了一套理想的美的标准，每一个组成部分，从耳垂到双脚，都被精心地绘制和分类。当然，有天赋的艺术家明白，美不能被机械地复制——全部效果将取决于诸如 *vaghezza*（模糊）、*leggiadria*（雅致）、*grazia*（优美）这些特质。[2] 但对一种难以捉摸的、独一无二的存在之轻盈的喜好，并没有阻止他们以所谓的 *blazon*（夸耀），即通过对一个完美整体的各个部分进行描述性枚举的形式获得快乐。[3]

到16世纪晚期，这种枚举游戏变得如此为人所熟知和

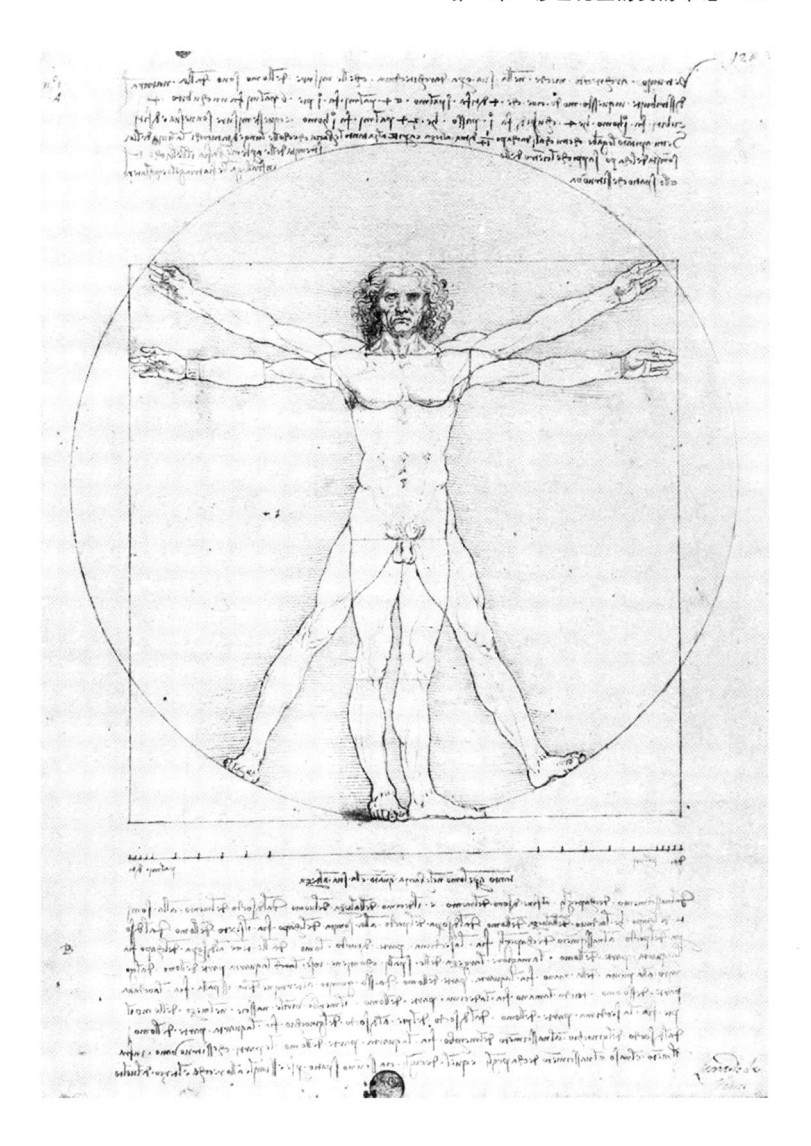

图 2 列奥纳多·达·芬奇,《维特鲁威人》(*Vitruvian Man*,约 1485~1490),威尼斯美术学院 (© **TPG**)

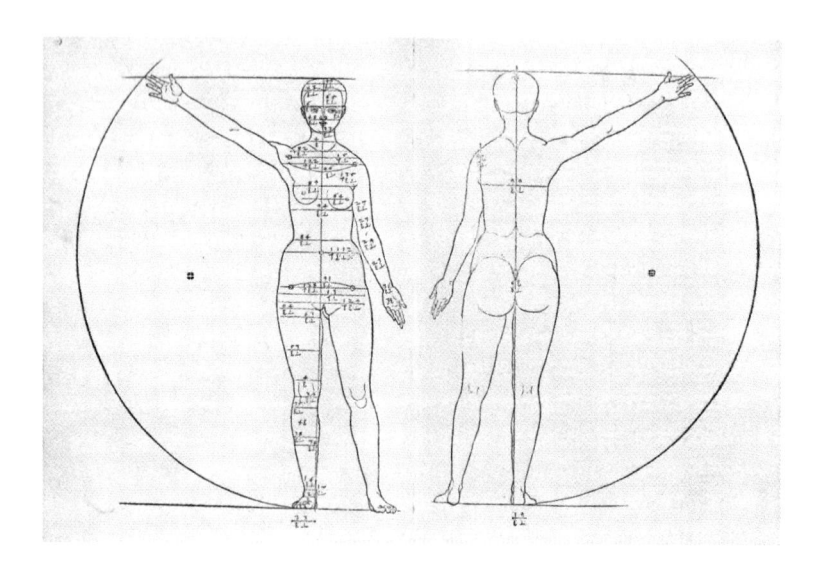

图3　阿尔布雷希特·丢勒，《人体比例四书》（*Vier Bücher von Menschlicher Proportion*，1528），哈佛大学霍顿图书馆

陈旧，以至于雄心勃勃的艺术家们常常会与之保持距离。虽然莎士比亚偶尔会沉溺于华丽的辞藻，但他很大程度上讽刺了列清单的修辞手段。当然，对于一个预料会有许多不同的演员来扮演自己剧本中角色的剧作家来说，省略人物细节上的描写是有道理的，即使是理想化的那种描写。同时，这位十四行诗作者也有自己的社会动机，那就是令人们难以识别出他的恋人。但除了专业技巧的因素，在他笔下对美的赞颂中还有一种更普遍的对特性的厌恶。《爱的徒劳》中的公主说：

> 好鲍益大人，我的美貌虽然卑不足道，
> 但也不需要你的谀辞渲染。

> 美貌凭眼睛就能判断,
> 不是商贩的利口所能任意抑扬。(第二幕第一场 13~16 行)

"眼睛就能判断"中就包含了阿尔贝蒂所说的整体的"合理和谐",庸俗的商贩却要吹嘘这个或那个特性。本着同样的精神,奥丽维娅嘲笑了薇奥拉或西萨里奥所费力记住的那些赞美之词:

> 我可以列一张我美貌的清单,——陈列清楚,把每一件细目都写在我的遗嘱上,例如:一款,浓淡适中的朱唇两片;一款,灰色的倩目一双,附眼睑;一款,玉颈一围、柔颐一个,等等。(《第十二夜》第一幕第五场 214~218 行)

薇奥拉马上明白了奥丽维娅的嘲讽的社会意义及美学意义:"我明白您是个什么样的人了,您太骄傲了。"(第一幕第五场 219 行)

但至少在这方面,奥丽维娅不过是在反映一种广泛的共识,即过多赞美细节会流露出商业意图。俾隆对他心上人脸颊的美的赞颂——

> 她娇好的面颊
> 集合着一切出众的美质,
> 她华贵的全身
> 找不出丝毫的缺陷——

只是让他抓住了他所用双关语的市场含义,于是他突然间停下了夸赞:

> 啊,不!她不需要夸大的辞藻。
> 待沽的商品才需要赞美。(《爱的徒劳》第四幕第三场 230~236 行)

正因为俾隆不是在集市上叫卖商品,所以他抑制住了想要列举罗瑟琳美的要素的冲动,放弃了他后来所称的"蛆一样的矜饰"(第五幕第二场 409 行)。

这样的矜饰很适合市场上的商品,而对于市场这一场所莎士比亚应该非常熟悉——他父亲开商店出售手套。莎士比亚的剧本中最精彩的一段夸耀是形容一匹马的,这并非偶然:

> 蹄子圆,骸骨短,距毛蒙茸,丛杂而蹁跹;
> 胸脯阔,眼睛圆,头颅小,鼻孔宽,呼吸便;
> 两耳小而尖,头颈昂而弯,四足直而健;
> 鬃毛稀,尾毛密,皮肤光润,臀部肥又圆。[《维纳斯与阿都尼》(Venus and Adonis) 295~298 行]

人的美不能被如此赤裸裸地盘点,因为它会为被迷住的眼睛所捕捉。事实上,对美的感知很少依赖于个别特征,因此眼睛本身可能会闭上。相思的维纳斯对阿都尼说:"假如我只有两只耳朵,却没有眼睛/那你内在的美,我目虽不见,耳却能听。"(433~434 行)对哈姆雷特来说,人本身是"宇宙的精华，万物的灵长"（第二幕第二场296～297行），而伊阿古痛苦地回想起凯西奥"他那种风度翩翩／让我相形见绌"（第五幕第一场19～20行）。这些对美的肯定同样强烈，同样没有特色。

平淡无奇（featurelessness）是伊丽莎白时代的文化中人体之美的理想形式。在女王的许多肖像中，她的衣服和珠宝都被描绘得非常具体，但她的脸始终像一个苍白的、毫无表情的面具（见彩图）。也许，尽管对服饰的表现非常强调材料的重要性，但面具是文艺复兴时期的一种暗示，象征席勒（Schiller）口中一件真正美丽的艺术作品中"对质料的消灭"，或是温克尔曼（Winckelmann）所说的空白（Unbezeichnung）之美——"美就像从清泉中汲取的最完美的水，它的味道越淡，就越健康，因为它净化了所有的杂质。"[4] 莎士比亚所赞颂的美的形象无法自由地游离于物质之外，但在他笔下，"美"这个词明显缺乏实际内容，而这是不断接近这种自由的一个姿态。

可以肯定的是，有两种品质经常被莎士比亚认同为美。其一是光彩（radiance）。因此，萨福克被《亨利六世》（上篇）中的玛格莱特弄得眼花缭乱：

> 好似阳光抚弄着平滑的水面，
> 折射回来的波光炫人眼目，
> 她那映丽的姿容，照得我眼花缭乱。（第五幕第三场18～20行）

因此，罗密欧也把墓窟里的朱丽叶比作黑暗中的一盏灯笼：

> 因为朱丽叶睡在这里,她的美貌
> 使这一个墓窟变成一座充满光明的欢宴的华堂。(第五幕第三场 85~86 行)

莎士比亚经常用"fair"这个词来传达美的光彩,作品中出现了七百多次。"Fair"可以表示可爱、清澈、精致或干净,它也有鲜明的亮丽感。而亮丽的头发和白皙的肤色反过来又衬托出绯红的脸颊和红润的嘴唇。

美的第二个反复出现的品质是光洁(unblemished smoothness)。"你可曾见过一个更娇好的淑女?"彼特鲁乔问,他强迫凯德迎接年老的文森修,将其当作一个"年轻娇美的姑娘"。然而,片刻之后,他纠正了错误:"这是一个满脸皱纹的白发衰翁。"(《驯悍记》第四幕五场 30~44 行)皱纹在莎士比亚的作品中被反复用作美的对立面。十四行诗中的美少年被敦促生儿育女,以确保他的美貌不受时间摧残:

> 当四十个冬天围攻你的朱颜,
> 在你美的园地挖下深的沟渠,
> 你青春的华服,那么被人艳羡,
> 将成褴褛的败絮,谁也不要瞧。(十四行诗第 2 首)

26 这些年迈的迹象是可憎的,因为它们意味着死亡:

> 这镜子决不能使我相信我老,
> 只要大好韶华和你还是同年;

但当你脸上出现时光的深槽,

我就盼死神来了结我的天年。(十四行诗第 22 首)

  在莎士比亚的世界里,至少对有些人来说,皱纹比年龄更能说明问题。17 世纪的占星家理查德·桑德斯(Richard Saunders)借鉴一种古老的面相传统,发明了他的"相额术"(metoposcopy),一种解读脸部(尤其是额头)线条的指南。"他或她若额头上有这样的线条,"桑德斯在观察一个人物时说,"便是易变的、无常的、虚假的、诡诈的、有虚荣心的。"(见图 4、图 5)但人们对皱纹的恐惧和鄙视,与皱纹预示的内容毫无关系。为了与毫无特色的梦想保持一致,莎士比亚像温克尔曼一样,反复把美描绘成没有印记的(unmarked)。

  因此,他戏剧中的敌意通常被表现为想留下印记的欲望。"要是我能挨近你这美人儿身边,"愤怒的葛罗斯特公爵夫人对玛格莱特王后大吼大叫道,"我定要左右开弓打你两巴掌。"[《亨利六世》(中篇)第一幕第三场 45~46 行]理查声称她的美貌引他"顾不得天下生灵,只是一心想在你的酥胸边待上一刻"(《理查三世》第一幕第二场 123~124 行),对此安夫人愤怒地回答:

要是我早知如此,我告诉你,凶犯,

我一定亲手抓破我的红颜。(第一幕第二场 125~126 行)

波力克希尼斯的儿子爱上了一个乡下姑娘,这激怒了波力克希尼斯,他威胁说要让她破相:

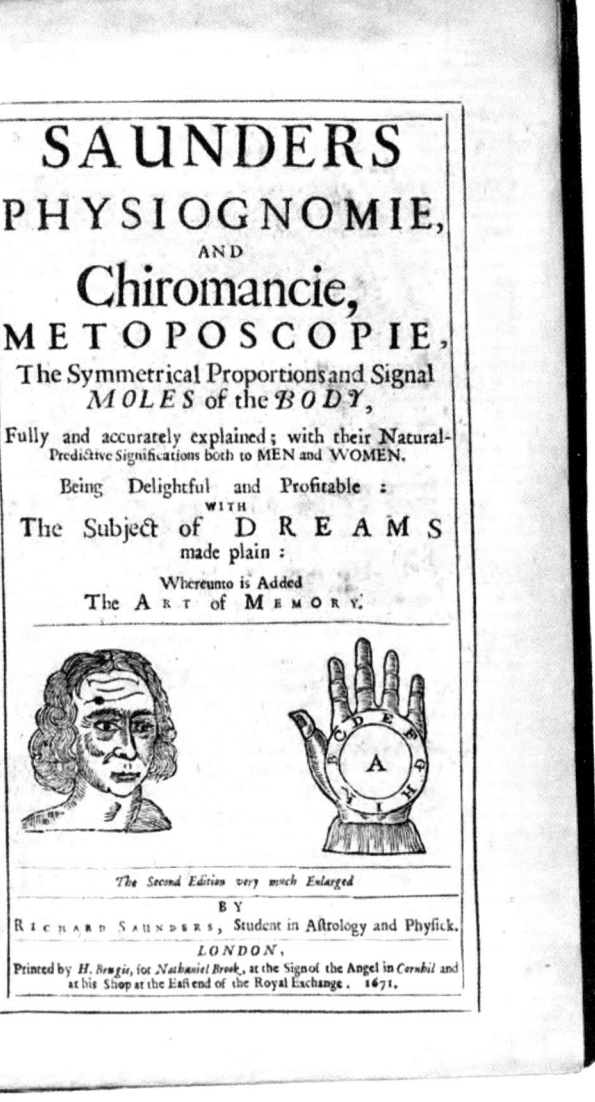

图 4　理查德·桑德斯,《面相学与手相术》
(*Physiognomie and Chiromancie*, 1653) 的封面,
哈佛大学霍顿图书馆

The lines of *Saturn* and *Mars* broken and discontinued in this manner, signifie hurt, and damage by falls.

He or she that hath such lines in the forehead, is mutable, unconstant, false, deceitfully treacherous, and of a vain glorious proud minde. This

图 5　理查德·桑德斯，《面相学与手相术》
(*Physiognomie and Chiromancie*, 1653)，
哈佛大学霍顿图书馆

我要用荆棘抓破你的美貌
　　叫你的脸比你的身份还寒碜。　［《冬天的故事》
(*Winter's Tale*) 第四幕第四场 413～414 行］

疤痕，如同皱纹，被定义为丑陋的。但在中世纪和近代欧洲的文化中，有两个重要的例外。其一是殉道者和基督身上的伤痕。这些伤痕是哀悼的焦点，但它们也是强烈的宗教冥想以及美学关注的对象。在这一时期的无数图像中，伤口会被凸显——如描绘耶稣令众人关注他那裂开的伤口的模样，或锡耶纳的凯瑟琳（Catherine of Siena）亲吻伤口的动作。在其中一些画像中，身体本身完全消失了，只留下了伤痕给虔诚的观赏者，让他们沉浸在同情、爱慕和类似爱欲的情绪之中（见图 6 和彩图）。美丽的伤口这一

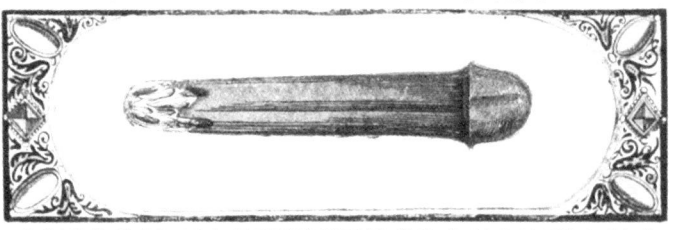

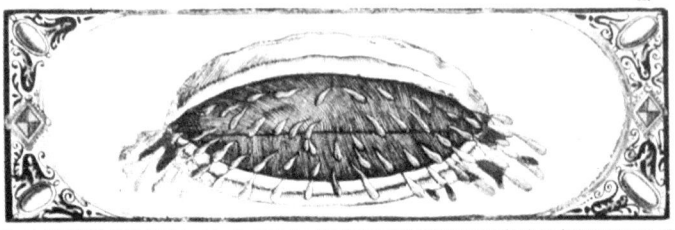

图6　J. P. 施托特纳（J. P. Steudner）（印制），《基督的伤口与钉子》（*The Wounds of Christ, and a Nail*，约17世纪晚期），纽伦堡日耳曼国家博物馆

概念在阿西西的方济各（Francis of Assisi）的圣痕（Stigmata）①上得到了完美表达，但这一"异教"的概念与天主教的关系太过密切，无法被轻松地转移到信仰新教的英格兰。莎士比亚的人物经常凭上帝的伤口发誓（至少在审查员禁止他们这么做之前），但这些伤口被用在诅咒中，而不是作为装饰物。

还有第二个例外：在士兵身上，伤疤是荣誉的象征。因此，在皮耶罗·德拉·弗朗切斯卡（Piero della Francesco）画的著名的费德里科·达·蒙特费尔特罗（Federico da Montefeltro）侧面像中，后者鼻梁上的剑伤伤痕被凸显了（见图7）。莎士比亚至少含糊地认同了战争创伤能带来自豪感。"把你身上的伤痕让我们看看，"约克轻蔑地对萨福克说，"身上连一处伤疤都没有的人，哪会打什么胜仗。"[《亨利六世》（中篇）第三幕第一场 300～301 行]。"活过今天的人，"亨利王在阿金库尔战役前夕对英军说，

> 每年在克里斯宾节的前夜将摆酒请他的乡邻，
> 说是："明天是圣克里斯宾的节日啦！"
> 然后他卷起衣袖露出伤疤，
> 说："这些伤疤都是在克里斯宾节得来的。"
> （《亨利五世》第五幕第三场 41、45～48 行）

伏伦妮娅甚至更热情地祝福她好战的儿子身上"很大的伤疤"（《科利奥兰纳斯》第二幕第一场 133～134 行）。但只

---

① 基督徒身上显现的与基督受难时所受的五伤相同的伤口。

图 7　皮耶罗·德拉·弗朗切斯卡,《费德里科·达·蒙特费尔特罗》(约 1465),佛罗伦萨乌菲齐美术馆（© TPG）

有科利奥兰纳斯那可怕的母亲才会称这些疤痕好看：

> 当赫卡柏乳哺着
> 赫克托的时候，她丰美的乳房
> 还不及赫克托流血的额角好看。（第一幕第三场37~
> 39行）

她对伤口的美化和色情态度正是她的问题所在。而莎士比亚肯定没有这样的想法，那就是女人身上的伤疤可以让她变得更加好看。

即使是莎士比亚作品中唯一一位真正的女战士，贞德也为自己完美无瑕的容貌而自豪。虽然她是牧羊人的女儿，但她告诉太子，在"我的双颊暴晒在烈日之下"［《亨利六世》（上篇）第一幕第三场56行］时，她被圣母的显灵改变：

> 本来我生得黝黑，
> 她却用圣洁的光辉注射在我身上，
> 把我变成一个美好的女子，如您所见。（第一幕第三
> 场63~65行）

同样，战士奥瑟罗虽然打算夺去他妻子的生命，但不能忍受毁坏她光洁的身体：

> 我不愿流她的血，
> 也不愿毁伤她那比白雪更皎洁，

比石膏更光滑的肌肤。(《奥瑟罗》第五幕第二场 3～5 行)

他在扼杀苔丝狄蒙娜的过程中，存在着一种反常的、扭曲的幻想，那就是要消除他认为她给她自己带来的可怕污点，把她重新变成他所渴望的那种光洁的完美女神：

愿你到死都是这样，
我要杀死你，然后再爱你。(第五幕第二场 18～19 行)

这是一个不受时间和经历影响、不受年龄和伤害所带来的疤痕影响的美丽之梦的惨痛结局。对奥瑟罗来说，在苔丝狄蒙娜的皮肤上留下疤痕比苔丝狄蒙娜死了还要糟糕。

但在莎士比亚的世界中，最丑陋的疤痕并不来自年龄或伤害，而是出生时就有的瑕疵。当《约翰王》(King John) 中的康斯丹丝想到诸种缺陷令人"长得又粗恶，又难看，丢尽你母亲的脸"时，胎记就是其中显著的因素：

你身上满是讨厌的斑点和丑陋的疤痕，
跛脚、曲背、又黑、又笨，活像个妖怪，
全是些肮脏的黑痣和刺目的肉瘤。(《约翰王》第二幕第二场 44～47 行)

一块显著的胎记既可以被理解为个人的不幸，也可以被理解为一个奇迹，一个即将到来的公共灾难的预兆。它可以被看作"丢尽你母亲的脸"，因为它可能是由母亲在怀孕期间所做的、注视或梦见的事物造成的。正是出于对这种耻辱的强烈恐惧感，在《仲夏夜之梦》的尾声——夫妻上床睡觉，应当正在做爱时——奥布朗发出了对新婚夫妇的祝福，且祝福十分强烈地集中在不让孩子身上出现瑕疵一事上。奥布朗像仙女一样在房子里唱歌：

> 凡是不祥的胎记，
> 不会在身上发现，
> 不生黑痣不缺唇，
> 更没有半点疤痕；
> 生下男孩和女娃，
> 无妄无灾福气大。（《仲夏夜之梦》第五幕第二场39~44行）

当然，所有这些都完全合乎传统，也就是说，它是内在的文化能力的一部分，而这种能力支配着特定时期的歧视、反应和表现形式的模式。[5] 成千上万幅文艺复兴时期的肖像，以及博物馆墙上挂着的大量裸体画像，很少描绘胎记，虽然胎记在当时肯定和现在一样多。擦掉这些痕迹的冲动是极其强烈的，也许这是一开始想要画肖像的动机之一。也有例外——如1554年玛丽·都铎（Mary Tudor）的肖像（见图8）——但这些例外往往标志着对于完美之美的梦想的放弃，从而只会确认其文化霸权。

这一梦想标志着罗马肖像尤其是共和国时期的罗马肖像，和文艺复兴时期的肖像之间的关键区别。发掘出来的古典时期半身像上体现了展示审美个性化的技艺，可以肯定的是，文艺复兴时期的艺术家为这些技艺所吸引，因此一些15、16世纪的雕

图 8　安东尼斯·莫尔,《女王玛丽一世》(*Queen Mary I*, 1554),
马德里普拉多博物馆。注意图中人物右脸颊上
被圈出来的黑痣(ⓒ TPG)

塑家出色地模仿了它们。画家亦然,在意大利和更北方的地区,他们对特定的面孔做了惊人的呈现,这些面孔因主人的性格、年

龄和经历而存在不可磨灭的印记。但在试图用画作去表现美的存在时,文艺复兴时期的艺术家通常会抹去所有独特的印记。

在几个世纪以来促成这种转变的诸多因素中,最主要的是基督教的变革力量。几个世纪以来,无论从字面意义还是从隐喻意义上来说,耶稣和圣母都通常被描述为纯洁无瑕、生来就没有瑕疵或污点的。17 世纪中期一位英国牧师写道,美"包括三个细节:线条的完美、彼此之间的适当比例,以及色彩的卓越和纯净。它们在基督的灵魂里是齐全的"。[6] 布道者还说,并不是只有基督的灵魂才是完美之美的化身,基督的身体也是完美的。我们认为孩子们拥有我们可能会遇到的最甜美的美,可"即使是这种美也必定有某种污点或胎痣,或某种未被察觉的缺陷。尽管我们不知道这缺陷是什么,也不知道如何称呼它,但他的身体里没有这缺陷"。[7]

这种缺陷,在历史悠久的基督教异象(这一异象毫不费力地越过了天主教和新教的界限)中,是内在罪孽的外在标志,它自始就将所有人类都玷污了。要是可以用眼睛将其看清,我们在凡人身上就找不到什么能赞美的了:

> 那些看似红润而美丽的双颊,除了没有我们罪孽的颜色之外,就没有别的什么了;那些我们因甜蜜而为之哭泣的嘴唇,会在我们的自负中腐败,变得臭气熏天;看起来象牙一般洁白的牙齿,会被诽谤和诬蔑染黑,被视作最脏的烟囱的黑灰;美丽的卷发,看起来像蛇——红色巨龙的年轻后代;看起来又白又嫩的双手,会显得肮脏、血腥和不洁。[8]

我们彼此不互相厌恶只是我们视力先天缺陷的结果:"我们,

可怜的我们，不过是瞎了眼的鼹鼠和蝙蝠。"要是我们眼不瞎，我们会看到只有基督才是真正美丽的。"除了基督的身体，没有别的身体。"

因此，只有通过基督和在基督里，在那些得救之人的复活的身体里，人类才被洗净了他们丑陋的瑕疵。根据神学家的观点，在最后的审判中，所有的疤痕、皱纹和其他被祝福者肉体上的印记都会消失，每个人的身体都会达到完美形态。所有形式的"斑点"，正如约翰·威尔金斯（John Wilkins）所列举的，"瑕疵、污渍、污迹、微尘、胎痣、雀斑、斑点、污点、污秽"都会被清除。[9]一生中丢失的一切都将完全恢复——根据阿奎那（Aquinas）的看法，包括牙齿的珐琅质。（然而，作为一种荣誉的象征，殉道者的伤口仍然可见。[10]）

帮助塑造了文艺复兴时期之肖像的，是对被救赎或复原的脸的想象，这张脸被净化其肉身的缺陷，且被反复（考虑到模特实际的年龄范围这一频率很高）描绘为属于大约33岁（即耶稣死时的年龄）之人。这个年龄通常被认为代表了一个男人最完美的时期——"人类中最美的人，通过他们的眼睛、脸、手和整个身体，神圣之美的光彩不断地迸发出来。"[11]因此，所有被拯救的人，不管他们实际的死亡年龄，都将被复活至这一年龄。只有在意识到这一清除瑕疵的做法的悠久历史以及对完美身体的渴望后，我们才能理解清教徒克伦威尔（Cromwell）的话是多么不同寻常。据说，他对彼得·莱利爵士（Sir Peter Lely）说："亲爱的莱利，我希望你能用你所有的技巧画出真正像我的画，一点也别奉承我，且要注意我所有的疙瘩、皮疹、疣，否则我将不会付一分钱。"[12]在其美学思想和政治思想中，克伦威尔都颠覆了现存的秩序。

在中世纪和近代欧洲，有一个重要的领域，在该领域中人的胎记和身体上其他不可改变的特征通常都会被仔细地记录下来，那就是人体鉴定领域。历史学家瓦伦丁·格罗布纳（Valentin Groebner）就这一时期人的身份印记做了精彩叙述。他注意到会有特殊的队伍在战斗结束后前去战场，把死尸身上的衣服和武器全都拿走，以便出售。这样一来，死者就都是裸体的，难以辨认，因此要确定哪具尸体应该被体面地埋葬，哪具尸体应该被丢进仓促挖掘的沟渠，是一项挑战。[《无事生非》开场有段简短的交谈。里奥那托问堂·彼得罗的使者："你们在这次战事里折了多少将士？""没有多少，"使者回答，"有点名气的一个也没有。"（第一幕第一场5~6行）] 亲朋好友及侍者家仆会被叫来辨认"有点名气"的死者的遗体。就这样，在1477年，赤裸而僵硬的大胆查理（Charles the Bold）的尸体被他的仆人认出，仆人注意到他缺了门牙、肚子上有块疮疤，指甲极长，脖子上有一道明显的伤疤。人的身份通过人的体貌印记建立了起来。

在近代欧洲，除了精英战士的体貌特征之外，还有一些其他类别的人的永久体貌特征被认为是重要的，因此被仔细地记录下来，以供身份认定。文艺复兴时期的官员对那些被认为是私有财产的人——类似于被驯养的动物——和那些实际上是国家财产的人特别感兴趣。账簿详细登记了奴隶的体貌特征，包括肤色、发色、疤痕以及痣的形状和位置。同样，被称为"盯梢者"（Watcher）的人，潜伏在港口、酒店或其他公共场所，对可疑的卖国贼和异教徒做精确的描述。葛罗斯特对他儿子爱德伽大发雷霆道：

> 看这畜生逃到哪儿去,
> 我要把他的小像各处传送,
> 让全国的人都可以注意他。(《李尔王》第二幕第一场 81~84 行)

38　此外,罪犯经常被打上烙印并弄残,这样他们的余生都会留下不可磨灭的犯罪记录。

　　这种对肉体的关注丝毫不违背我们对美的看法:特征与美在这一时期是不同的,甚至是对立的。光滑、没有瑕疵、容光焕发、基本上没有特征的脸和身体是一种文化理想。在这种理想的基调上,莎士比亚令人惊讶地进行了许多卓越的创作。

　　但在我们更仔细地考察这些高度个性化和明显非传统的人物之前,有一点值得注意,那就是莎士比亚对传统的、理想化的美的想象总是令人感到一丝焦虑。"这里面是什么?"巴萨尼奥选了铅匣子时问。"美丽的鲍西娅的副本。"接着是一段非常奇特的描述:

> 她裂开的双唇
> 因甘美芳香的气息而张开。
> 唯有这样甘美的气息,
> 才能分开这样甜蜜的朋友。
> 画师描画她的头发时化身为蜘蛛,
> 织下这金丝发网来诱捉男子的心,
> 男子见了比飞蛾入网还快。
> 可她的眼睛——他怎能眼睁睁地画出来?
> 画了一只之后,我想他必定目眩神奇,

再也画不成其余的一只。(《威尼斯商人》第三幕第二场 114~115、118~126 行)

这大概是一个狂喜的时刻，既有美感又很性感，但字里行间还有一种更像是恶心的感觉：裂开的嘴唇、蛛网似的头发，一只眼睛居然能使旁观者目眩神夺。如果这是美，那什么是丑？这是怎么回事？

也许巴萨尼奥表达的不适并非针对美，而是针对对美的呈现，毕竟，他说的是鲍西娅的画像，而不是鲍西娅本人。(事实上，剧情本身有点奇怪，因为鲍西娅必须站在一旁等着，而巴萨尼奥则喋喋不休地谈论着她画像中的形象。) 这段"图说"(ekphrasis)聚焦于画家的神秘力量——"这是谁的神化之笔/描绘出这样一位绝世美人？"(第三幕第二场 115~116 行)——以及这种力量引起的恐惧感。几年后，在《冬天的故事》中，莎士比亚回归艺术家那能与伟大自然的创造力相抗衡的诡异能力，并试图抵御这种能力引发的焦虑："假如这是魔术，那么就让它成为一种艺术/如吃饭一样合乎情理。"(第五幕第三场 110~111 行)

但在《威尼斯商人》中，令人不安的不仅是对美的呈现；美本身就存在一个问题。巴萨尼奥在做出决定之前，用大段独白阐述了这个问题，他说服自己不要选择明显诱人的金匣子和银匣子，而要打开"寒伧的铅"匣子（第三幕第二场 104 行）。他说：

看那世间所谓美貌吧，
那完全靠脂粉装点出来的奇迹，

> 愈是轻浮的女人,
> 所涂脂粉也愈重。(第三幕第二场 88~91 行)

所谓"奇迹"——违背物理规律的现象——当然是一个玩笑:美容时所涂脂粉愈重,这女人愈轻浮(也就愈放荡)。[13]

厌女症式的焦虑和憎恶在这里浮现出来,它们是诋毁美丽的悠久传统的一部分。"为激情所蒙蔽",卢克莱修(Lucretius)在《物性论》(*On the Nature of Things*)的一个著名段落中指出,男人把女人实际上不具备的品质赋予女人。[14]就此而言,美是欲望的投射;恋人认为他看得最清楚的时刻恰恰也是他完全盲目的时刻。对这样一个人,卢克莱修用嘲讽的笔调写了一连串委婉语:"黝黑的皮肤是'蜜黄色的',一个邋遢的荡妇'朴实无华'……一个结实蠢笨的乡下丫头像只'羚羊',明明矮矮胖胖却被说成'优雅,魅力无穷',而一个庞大的女巨人则是'纯粹的奇迹,威严的化身'。"[15]

莎士比亚在《维洛那二绅士》(*Two Gentlemen of Verona*)中再次运用了这种嘲弄手法,凡伦丁为对美丽的西尔维娅的相思而叹息,他和仆人史比德有段对话。

> 史比德:自从她残废以后,你还没见过她哩。
> 凡伦丁:她是什么时候残废的?
> 史比德:自从您爱上她之后,她就残废了。
> 凡伦丁:我第一次看见她的时候就爱上了她,可是我始终看见她很美丽。
> 史比德:您要是爱她,您就看不见她。
> 凡伦丁:为什么?

史比德：因为爱情是盲目的。（第二幕第二场 56~63 行）

在古典哲学中，走出盲目——回到平静冷漠状态，让人免受起伏和扭曲的激情的影响——的途径就是要明白，所谓美，用巴萨尼奥的话来说，是"装点出来的"。即使最美的女人，卢克莱修写道，也充分利用了人为增强的手段：这个可怜的女人"用这么难闻的香水涂抹自己，她的女仆们对她敬而远之，在她背后咯咯地笑"。而她的情人，双手捧着鲜花，站在门外，"在门上奉献相思之吻"。但如果门被打开了，他"进门就会闻到一股气味，于是他会找个合适的借口告辞……那时他就会承认自己是个傻瓜，因为他意识到自己赋予她的品质比一个凡人所应有的还要多"。[16]

就此而言，为了看清楚并做出正确的选择，巴萨尼奥面对不同的匣子，尽量冷却自己炽热的欲望。问题在于当他做出选择，找到那位女士的肖像画时，他的溢美之词为他刚才具有治愈功能的反讽所毒化，而他试图表达的欣喜若狂和赞赏之情也变得令人作呕。

在莎士比亚戏剧中还有许多类似的情景，常常与对化妆品的痴迷联系在一起。哈姆雷特对奥菲利娅说：

我也知道你们会怎样涂脂抹粉，上帝给了你们一张脸，你们又替自己另造了一张。你们烟视媚行，淫声浪气，替上帝造下的生物乱取名字，卖弄你们不懂事的风骚。算了吧，我再也不敢领教了；它已经使我发了狂。（第三幕第一场 142~146 行）

但让哈姆雷特感到恶心的厌女情绪是他灵魂疾病的症状，而不是他哲学智慧的标志。对美的焦虑在莎士比亚的剧中反复被表达出来，但总会遭到否定。因为莎士比亚承认欲望的强迫性、非理性、蛊惑人心的力量——《仲夏夜之梦》中爱汁所暗示的一切——并拥抱它们。尽管这些剧作反复探讨了欲望投射的心理力量，但我认为，作者并没有邀请观众来嘲讽鲍西娅、朱丽叶、西尔维娅或奥菲利娅的美。相反，观众被邀请进入幻觉状态，服从于美的魔力。

莎士比亚伟大的创新之处在于，当他一遍遍地转向违反主流文化规范的美的形式时，这种魔力甚至会增强：诙谐的罗瑟琳，她的深色皮肤使俾隆断言，"泼墨的脸色，才是美的极致"（《爱的徒劳》第四幕第三场 249 行）；具有不可抗拒的诱惑力的埃及女王将自己描述为一个"被福玻斯热情的眼光烧灼得遍身黝黑／时间已在我额上留下深深的皱纹"（《安东尼与克莉奥佩特拉》第一幕第五场 28～29 行）；最重要的是，十四行诗中那位光芒四射的女士，她的眼睛一点也不像太阳（十四行诗第 130 首）。这些形象并不完全是对理想类型的否定，因为对理想类型的颂扬总是被理解为一种悖论，一种对欲望具有的扰乱事物正常秩序之力量的揭示。但美在悖论中幸存了下来。

在生活中，"晒黑"（tan）一词具有完全负面的内涵，正如十四行诗第 115 首感叹的那样，时光的事故"晒黑美色"——对黑色的赞美是对痴迷之心的盲目力量的一种奢侈的赞颂：

说实话，我的眼睛并不爱你，

它们看见你身上千差万错；
但眼睛瞧不上的，心却着迷，
它一味溺爱，不管眼睛所见。（十四行诗第 141 首）

这里至少眼睛没有被欺骗；在其他的十四行诗中，对这位黑女士"病态的欲望"（十四行诗第 147 首）损害了恋人正确观察或判断的能力：

唉，爱把什么眼睛装在我脑里，
让我完全认不清真正的景象！
即使认得清，理智又跑往哪里，
竟错判了眼睛所见到的真相？（十四行诗第 148 首）

错判就是把"明知"为丑陋的东西看成是美丽的，因此与眼睛见到的证据相矛盾，或者如莎士比亚在十四行诗第 152 首中所说："让眼睛发誓，把眼前景说成虚假。"

这一发誓让人想到一个奇特而重大的转变，不仅是在莎士比亚对心爱之人的描述上，也在他自己的声音上。诗人反对自己的看法或判断，也就是说，他有只"假眼"：

我发誓说你美！还有比这荒唐：
抹煞真理去坚持那么黑的谎！（十四行诗第 152 首）

这个新奇的、强迫性的、矛盾的、有强烈自我意识的声音做了诗人对漂亮小伙子从未做过的事情：他以名字来表明自己的身份。他称自己"威尔"（Will）。[17]

莎士比亚对美的最热烈颂扬一再违背了他的文化理想——平淡无奇。从这种违背中产生了一种身份，一种与众不同的、独特的、特有的身份，这不仅成为诗人，还成为那位黑女士，以及莎士比亚作品中其他具有矛盾美的形象的特征。对他们的描述并不比常规美人——黝黑并不比白皙更奇特——更详细，但偏离常规本身就是个性化的表现。

在涉及十四行诗中的黑女士或克莉奥佩特拉时，莎士比亚似乎有意与完美的美保持距离，理想的美的特质被阿奎那定义为 integritas，consonantia，claritas（乔伊斯笔下的斯蒂芬·代达罗斯将其译为"完整、和谐和清晰"）。我们看到的不是匀称的比例、和谐以及对称的化身，而是按时代观念来说有所玷污的人物，然而他们的污点是他们那不可抗拒的、令人不安的吸引力的一部分。

在当时有一种美的概念，它与本章开头阿尔贝蒂所阐述的明显不同。在这种为莎士比亚所知的概念中，为了更强烈地引发美，会刻意稍微使用丑的元素。人们把用黑色塔夫绸或非常薄的西班牙皮革切割成的星形、新月形和钻石形图案贴在脸上，这种做法始于16世纪后期（见图9）。[18]"维纳斯脸上有一颗痣，这使她更加可爱。"随时留意最新时尚的李利（Lyly）写道，"海伦下巴上有道伤疤，帕里斯称之为 Cos amoris，爱的磨刀石。"[19]这样的"爱斑"，如17世纪的人所称，是为了突出人体之美。[20]

莎士比亚非常理解这种突出和对比的原则。被激起性欲的安哲鲁告诉依莎贝拉：

你的美貌若蒙上黑纱，

图9 木刻版画，左图为"小贩"，来自《宗教改革之路》(*The Boursse of Reformation*, 1640)；右图为"贴片女士"，来自布尔沃 (Bulwer) 的《人体变形》(*Anthropometamorphosis*, 约1650)

就会呈现十倍的美丽。（《一报还一报》第二幕第四场 79~81 行）

但莎士比亚的那些肤色黝黑的美人不仅仅是为了衬托白皙和光洁之人。美存在于被爱者的特性中，包括不符合规范性期望的那些特性——奇特、怪异、不完美。这是一种野性、偶然性和邂逅的色情，而不是有机的完美。因此，它在赞美的理想化语言中，为爱的艺术和认同的艺术的结合创造了空间。

这种结合是至关重要的，因为它更接近于莎士比亚戏剧的总体美学，而不是完美形式的"合理和谐"和完整。对于这

44

些剧作，不能说"什么都不能再被添加、被取走或被改变，否则只会变得更糟"。相反，莎士比亚似乎已经充分意识到，成功的演出必然会带来改变、削减和增加。事实上，他所有的剧作都超越了传统的限制。莎士比亚似乎对边界的扩张感到高兴，他拒绝停留在固定的界限内，就像他让观众对一系列不符合预期的角色感到高兴一样——观众的预期则由同一剧作中的其他角色来体现：凯瑟丽娜而不是美丽的比恩卡；贝特丽丝而不是希罗；罗瑟琳而不是西莉娅；克莉奥佩特拉而不是奥克泰维娅。在他结构最独特的剧本之一《冬天的故事》的结尾，莎士比亚描绘了美丽的赫米温妮的虚拟复活，很明显，他特意强调文艺复兴时期的艺术家会精心抹去的部分。惊恐的里昂提斯说：

> 可是，宝丽娜，
> 赫米温妮脸上没有那么多皱纹，
> 并不像这座雕像一样老啊。（第五幕第三场 27~29 行）

使所有这些女主人公如此吸引人——使她们如此美丽——的是一种个性化的品质，它粉碎了"无特征"这一理想。

在莎士比亚的剧作中，对理想的粉碎的完美象征就是《辛白林》中的场景，邪恶的阿埃基摩密切观察熟睡的伊摩琴，以便他使她的丈夫波塞摩斯相信，他已经诱惑了她。起初，阿埃基摩用一种欣喜若狂但又完全符合传统的语言描述她的身体，正如我们所见，莎士比亚对这种正统的夸耀表示怀疑：肤色像"鲜嫩的百合花/比被褥更洁白！"（第二幕第二场 15~16 行）；嘴唇像"无比美艳的红玉"（第二幕第二场 17

行）；眼睑"纯白和蔚蓝/那正是天空本身的颜色"（第二幕第二场 22~23 行）。但随后他注意到他所谓的"凭证"（voucher），也就是一个证据，适用于法庭：

> 在她的左胸
> 还有一颗梅花形的痣，
> 就像莲香花花心里的红点。（第二幕第二场 37~39 行）

痣是莎士比亚所改编的故事的一部分：薄伽丘的故事（1620年的英译本）中的女主人公"左乳房有颗小痣"，而佚名的《詹妮的弗雷德里克》（*Frederyke of Jennen*）中，女主人公左臂上有一颗"黑痣"。而这些故事延续的是以 13 世纪的《紫罗兰传奇》（*Roman de la Violette*）为缩影的一个古老的传奇传统，这个传统一再成为插图的素材（见图 10）。从本书中复制的 16 世纪的图中可以看出，这些插图仔细地描绘了泄露内心秘密的黑痣。

在莎士比亚的《辛白林》这部充满了伪装和差错的戏剧中，肉体符号是身份不可磨灭的标志，这不仅仅是对伊摩琴而言。辛白林回想起他被拐的儿子

> 颈上有一颗星形的红痣，
> 那是一个不平凡的记号。（第五幕第六场 365~366 行）

培拉律斯回答说：

> 这正是他，

图 10　佚名,《紫罗兰传奇》(*Roman de la Violette*,15 世纪),注意图中最左侧人物右胸上被圈出来的痣

> 他颈上依然保留着那天然的标记，
> 聪明的造物主赋予他这一个特征，
> 就是要使它成为眼前的证据。（第五幕第六场 366～369 行）

伊摩琴的痣同样是一个"天然的标记"，但其描述——"一颗梅花形的痣，就像莲香花花心里的红点"——表现出了一种奇怪的关注力度，传达的情绪介于渴望和厌憎之间，而这超出了呈堂证供所需的功能。阿埃基摩在他的恶毒诽谤达到高潮时对波塞摩斯说：

> 要是你还要寻找进一步的证据，
> 在她那值得被人爱抚的酥胸之下，
> 有一颗小小的痣儿，
> 很骄傲地躺在销魂蚀骨之处。
> 凭我的生命起誓，我情不自禁地吻了它，
> 虽然那给了我很大满足，却格外
> 让我饥渴。你还记得她身上的这颗痣吗？（第二幕第四场 133～139 行）

波塞摩斯记得。

伊摩琴胸上的这颗痣，不是莎士比亚自己的发明，而是他从别人那里借用并精心安排的一个情节助推器，它在剧中似乎成了性亲密，因而也是伊摩琴不忠的决定性证据。这是一个污点，她伤心欲绝的丈夫由此发表了一番莎士比亚所有的剧本中最激烈的厌女言论——他认为这证实了"她还有一个污点，

大得可以充塞整个的地狱"（第二幕第四场 140 行）。[21]然后它就如同《奥瑟罗》中被发现的那块手帕，成了女性（在这里指伊摩琴的）生殖器的象征；更广泛地来说更是"女人罪恶"（第二幕第五场 20 行）的象征，在厌女的波塞摩斯看来，这也是败坏人类生活的所有罪恶的渊薮。但《辛白林》清楚地表明，这只是一种偏执的妄想，是恶意诽谤的结果。诽谤者阿埃基摩把痣说成是色情之物——剧中没有什么能否认这种可能性——但把它看作道德污点的奇特象征是个谎言，就像他声称吻了它一样也是个谎言。相反，正如它与一朵鲜花的精致的内在设计有相似之处，伊摩琴的痣是完全自然的，就像在情节中所体现的，它是一种既天真又个性化的东西。

伊摩琴很美，但她不是一个没有特色的美人。她的痣不是任何形式完美的一部分，但也不是一种装饰，无论是在明显的装饰物的意义上，还是在仅仅是添加的因此是可有可无的这种意义上。这是莎士比亚在独特性中发现一切美的不可磨灭的标志，也是我们在他作品中认定的一切不可磨灭的独特之处和美丽之处的标志。

第三章　仇恨的极限

情况是这样的。政治体（body politic）上有一个难看的污点，一个令我们本能地避开视线的赘疣。但假装看不见这种畸变，就像忽视皮肤上长出的一颗奇怪的痣一样危险。因为如老话说的，非我族类，其心必异。其心必异意味着，尽管我们容忍他们的存在，允许他们享受我们的公民秩序带来的好处（他们几代人都享受了这些好处），但这些异邦人觉得他们被我们伤害了，这种伤害感在他们扭曲的思想中证明了他们可能选择采取的任何敌对措施是正当的。由于我们完全是在自己的地盘上，而且比他们更强大——我们代表主导价值观，拥抱主导信仰，控制主导机构——他们的仇恨驱使他们采取的敌对措施几乎总是狡猾和隐蔽的。当他们见到我们的时候，他们会巴结我们，好像是在向我们表示友爱，但这种装模作样几乎是滑稽且令人难以信服的。

在大多数情况下，他们不与旁人交往，只是彼此联系。还有谁会忍受他们呢？当然，他们不能完全独来独往：他们要跟我们做买卖，这样他们必须跟我们交谈，跟我们来往。但参与我们的经济生活，遵守交易规则并受我们的法律保护，并没有令他们变得忠诚。恰恰相反，我敢说，他们的仇恨只会越积越多，即使我们屈尊顾及他们，结果只会相互厌恶。有时很难把这些异邦人当成真正的人类，他们就像恶狗一样，我们只有通过踢打和咒骂才能对他们加以控制，以便提醒他们谁是这儿的主人。因为就像恶狗一样，一旦有机会，他们就会咬人。

但他们毕竟不是动物。确实，虽然他们经常被提醒我们对他们的蔑视，但他们认为自己在某种程度上比我们优越。虽然他们是污秽的，但他们以一种谦卑的姿态，想象自己拥有唯一的真理，且因此而容光焕发，这真理体现在一本书中，他们以狂热的虔诚拥抱这本书。这本书激起了他们对任何处在信徒小圈子之外的人的仇恨。他们以一种解经的手段仔细研读这些古老的故事，这使他们能够听任针对非信仰者的一些行为，而任何正派的人都会立即明白这些行为是不道德的。这种手段使他们善于利用我们的制度和做法为他们自己谋利。他们明白我们相信法治，就像我们相信市场一样。因此，他们与我们签订合同，如果这些合同的具体条款没有得到严格遵守，他们就会诉诸法庭。因为他们狡猾，我们则轻信和天真，所以他们经常占上风。

但似乎在与他们的接触中获益——毫无疑问，他们获利丰厚，因此他们的房子里悄悄塞满了黄金和珠宝——只会加剧他们的仇恨。他们永远不会梦想和我们一起做我们经常做的事：在信任的基础上做事，简单的握手就能达成协议，带着慷慨和善良的精神坐下来协商。唉，他们拒绝和我们一起吃喝——这是人类友谊最基本的标志。当我们克服了天然的厌恶，邀请他们和我们一起吃饭时，他们拒绝我们的邀请，这是什么意思呢？意思是说，他们认为我们的食物不洁净，他们宁愿与外界保持距离，不愿与外界接触。这就是为什么他们不参加甚至不观看我们的节日活动，这些节日，世界各地的人都在庆祝且很珍惜，除了他们。在我们沿着他们的房子游行时，他们锁上门，关上窗，试图让里面的人听不到我们欢乐的音乐。

当然，他们尤其对一群被他们关在家里的人感到不安，那就是他们的女人，最重要的是他们的宝贝女儿，其中有些人美得出众（美丽往往来自最难以置信的土壤）。与其说这是因为父亲爱女儿，不如说这是因为他们害怕由于我们而失去女儿，就像他们所说的那样。"失去她们"——就仿佛逃离令人窒息的围墙是一种损失。这些家庭中的女性不比奴隶强多少。难怪她们梦想和我们的小伙子一起私奔，过着我们的女性拥有的无拘无束的生活。这些梦想让异邦人父母陷入恐慌。她们的父亲宣称，宁愿看到女儿死在他们的脚下，也不愿看到她们像我们的女性一样，以他们心目中只有妓女才会有的大胆和自由行事。

他们如此憎恨现代性的原因是什么？是我们的自由威胁了他们，还是被排除在自由之外的感觉激怒了他们？如果是后者，他们是把自己被排斥这一点完全归因于我们的恶意，还是他们的怨恨因他们痛苦地意识到了自己的不足而被激化？毕竟，他们是一次重大的历史失败的体现。不管他们中的一两人有多富有，不管他们过去的文化荣耀多么令人印象深刻，事实是他们已经被取代了。他们已被历史抛弃，不可能再迎头赶上。

他们唯一的希望就是成为像我们一样的人，就像那么多群体在类似的文化失败之后所做的那样。而且，因为我们天性坚强，因为我们的文化慷慨包容，我们会欢迎他们，让他们由衷感到宾至如归。好吧，也许不是马上，也许这不会发生在他们第一代人的身上。但是，他们的孩子和他们孩子的孩子很快就会消除隔离的霉味，变得与我们难以区分。他们的后代会是完全自由的公民。只有名字可能会暴露异族血统，但终归没有什么比一个名字更容易改变的了。

然而，我们中的这些异邦人，他们固执地坚持那些过时得无可救药的信念，当然，也坚持着他们那旺盛的仇恨。毫无疑问，他们之间会分享对我们的怨恨，以滋养自己的受害感。仇恨就像一种让他们上瘾的毒品，毒害着他们，但没有这种毒品，他们就无法生存。每当凑到一起，他们就会喋喋不休地抱怨和表达憎恶——仿佛他们每个人都遭受了比世界上任何人更多的苦难——然后他们便策划报复。在他们声称是礼拜堂的地方，他们的仇恨沸腾起来：那里不是仁慈的避难所，而是谎言、狂热情绪和凶杀之心的滋生地。为时已晚。在这之前很久，我们就应该听从那些警告我们提防敌人的人。我们可能有一天醒来，发现自己陷入了一个针对无辜生命的阴谋之中。这样的阴谋可能会以将我们与异邦人聚集在同一个共享的公民生活中的系统为武器。如果这可怕的一天到来，我们将不得不考虑如何在不抛弃我们的法治的情况下拯救自己，因为正是这种法治赋予了我们的文化应有的能力。但我想知道，什么是对抗仇恨的法律补救措施？

现在,《威尼斯商人》比以往更有一种奇怪的、令人不安的关联,一种既令人着迷又令人不快的感觉,那就是它在玩火。在我一生中,我始终认为这一易燃材料是反犹主义,或者更谨慎地说,是基督教的犹太问题。"去吧,杜伯尔,咱们在会堂里见面。好杜伯尔,去吧;会堂里再见,杜伯尔。"(第三幕第一场107~108行)但西方城市的不安不再以犹太教堂为中心了。正如我希望我已经展示的那样,我们只需要做一点调整,就能触摸到当前的恐惧:"去,杜伯尔,咱们在清真寺见。好杜伯尔,去吧;清真寺见,杜伯尔。"

这种调整有什么意义,或者这一调整如此容易有什么意义?答案也许可以在卡尔·施米特(Carl Schmitt)的理论中找到,这一理论在我们的时代很有影响,但同时我们至少还可以追溯到霍布斯(Hobbes)的理论:政治,或国家的范畴由朋友和敌人之间的区别构成。"任何宗教、道德、经济、伦理,或其他领域的对立,"施米特写道,"如果它足够尖锐,能根据敌友关系有效地划分出阵营,那么它就转变成了一种政治对立。"[1]该理论声称这种构成性区别实际上很空洞。当然,对于在任何时间和任何地点被认定为敌人的群体而言,这并不空洞;他们太容易用一系列非常具体的指控来填补结构上对立的一方造成的空白。但从亚里士多德的理论来看,这些指控不过是偶然性的;实质是对立性结构本身,几乎任何细节都可以被插入这种结构之中,这相当于一个纯粹的,即空洞的文化流动过程。

但这里的流动性实际上是空洞的吗?毕竟,我们不是在谈论随机替换。基督教的两个主要历史宿敌,犹太教和伊斯兰教,在莎士比亚的充满友谊和敌对关系的喜剧所创造的想象结构中，如此轻易地发生了替换，这绝非偶然。它们已经在对敌意的想象中，在对仇恨的呈现和表达中被联系在一起了：就像博施（Bosch）画的折磨基督的人（见彩图），或者克罗克顿的圣礼剧（Croxton Play of the Sacrament）中，邪恶的犹太人对穆罕默德发誓。在《威尼斯商人》里那了不起的法庭场景中，人们呼吁慈悲，将慈悲视作一种普世的人类价值，它超越所有特殊的敌意、所有宗派分歧、所有试图迫使——莎士比亚的用词是"勉强"——人们取得预期结果的政治和法律制度：

> 慈悲不是出于勉强，
> 它像甘霖一样
> 从天上降下尘世。（第四幕第一场 179~181 行）

54　但莎士比亚巧妙而又小心翼翼地把这一呼吁引向了一个明显的教义高潮：

> 所以，犹太人，
> 虽然你要求公道，可是想一想：
> 要是真的按照公道执行赏罚，
> 谁也没有死后得救的希望。
> 我们既然祈祷上帝的慈悲，
> 就应按照祈祷的指点，
> 自己做出一些慈悲的事来。（第四幕第一场 192~197 行）

鲍西娅提到对上帝的祈祷，以及得到救赎的希望，预示着戏剧即将达到的仇恨困境的最终解决：夏洛克被迫接受基督教。

说"被迫"也许不够准确。"强迫"是喜剧之宴上不受欢迎的客人。基督教将其末世的希望与犹太人的皈依联系在一起，但它不希望自己慷慨的救赎之举被对那些拒绝得救之人的处决玷污。犹太人将被强迫去感受他们固执的后果——被唾弃、挨打、被迫住在隔都、被排除在大多数职业之外、被随意抢劫，有时还会听任被暴民杀害——但不会被直接告知他们的选择只有改信或死亡。因此，在莎士比亚笔下的威尼斯法庭上，夏洛克的"满意"实在是无奈之举：

鲍西娅：你满意吗，犹太人？你有什么话要说？
夏洛克：我满意。（第四幕第一场 388～389 行）

不过当然，这之前公爵明确宣布夏洛克"必须这么做，否则我就撤销刚才所宣布的赦令"（第四幕第一场 386～387 行）。赦令是对死刑的赦免。所以这个有罪的犹太人可以选择失去生命或改信基督教。也许这并不奇怪，他选择成为一个基督徒，从而令他自己和他唯一的孩子正式进入主导宗教和主导文化。55 随着这种转化过程，他消失了：

请你们允许我退庭，
我身子不太舒服。（第四幕第一场 391～392 行）

夏洛克的消失标志了构成《威尼斯商人》前四幕的强有力的、危险的否定状态的结束，而且也象征着"犹太问题"最终从大多数欧洲国家的议程中消失。正如我所说的，这种消失——通过大规模杀戮，通过通婚和转变宗教信仰，通过同化和给予公民身份[2]——为基督教的另一大敌伊斯兰教创造了一个发展空间。

但这种轻易替换掩盖了不同敌人之间的巨大差异，这些差异将使我们能够阐明夏洛克性格中的某些方面以及该剧对他的仇恨的解决方案。目前，伊斯兰教中的激进分子组成的极端派别所引发的焦虑，可能会被一些追求轰动效应的媒体及不择手段的政客煽风点火，但这种焦虑也与真实的、相当可怕的事件有关。这些事件与世界主要宗教的特定潮流之间的实际关系是一个需要认真研究和持续讨论的问题，因为学者们注意到，即使像自杀式炸弹袭击这样明显以宗教语言为幌子的策略，也完全可以在世俗行为中找到；但是，某些关系至少可以通过肇事者本人及其领导人的公开声明得到证实。[3]相比之下，"犹太资本主义"或"犹太共产主义"统治世界的阴谋论，通过《锡安长老会纪要》（Protocols of the Elders of Zion）或《攻击者》（*Der Stürmer*）传播开来，然而它们无法与犹太宗教领袖的官方或非官方语言产生一丝共鸣。令人吃惊的是，即使20世纪30年代欧洲犹太人脖子上的绞索开始收紧的时候，受迫害者中很少有人挑起暴力行为。没有倒塌的办公大楼，没有咖啡馆和火车站发生爆炸，繁忙的街道上没有被炸成碎片的公交车，人群中也没有谁紧张地盯着任何一个背双肩包或穿厚外套的人。

16世纪的犹太人经常召唤神来为他们在 *goyim*（外邦人）手中所受的伤害报仇。那时，和现在一样，逾越节的《哈加达》（Haggadah）融合了《诗篇》79的痛苦诗句：

愿你将你的忿怒倒在那不认识你的外邦，
和那不求告你名的国度。

> 因为他们吞了雅各,
> 把他的住处变为荒场。

但他们为之祈祷的复仇是全能者的事。无论他们内心有什么感受,犹太区的居民并没有公开他们对基督徒的仇杀意图,事实上他们也没有对主导文化构成威胁。至于都铎王朝时期的伦敦,那里没有犹太人,至少没有谁承认自己是犹太人,所有犹太人都在1290年被驱逐了。对犹太人的恐惧——警告说他们可能会在犹太会堂聚集,策划针对无辜者的阴谋——完全是臆想的,就像在19世纪的俄国或20世纪的柏林发生的那样。

当然,中世纪和文艺复兴时期的欧洲人听过关于犹太人的可怕故事,而我们现在知道这些故事是不真实的,显然与它们当时产生的影响无关。马洛笔下的凶手马耳他的犹太人兴高采烈地回忆起水井投毒和其他骇人听闻的罪行,在剧中,在穆斯林助手伊萨莫尔的帮助下,他不仅杀死了女修道院里的所有人,包括他自己的女儿,还把整个城市出卖给了敌人土耳其人。乔叟笔下的修道院院长并不是唯一编造犹太人经常杀害基督教儿童这种谬论的人。它常常与受害者的血会被用来制作逾越节点心的说法联系在一起,会被足够多的人相信,并一再导致对被控借助仪式进行谋杀的犹太人的审判和处决。直到1913年,孟德尔·贝利斯(Mendel Beilis)还在基辅遭到了类似的指控;直到陪审团出现分歧造成六票对六票的局面,贝利斯才被无罪释放。

人们可以在互联网上找到所谓的血诬案,即犹太人被指控为了吸食受害者的血而在宗教仪式上进行谋杀,而且只要让人浏览一下一个以"特伦特的西蒙"（Simon of Trent）为主题的反犹网站，就足以令其信服这一点。[4] 除了在网络上可以找到这类信息之外，对犹太人的古老指控仍屡见不鲜，并且或多或少得到官方认可的只有伊斯兰世界了。仅仅几年前，被沙特阿拉伯政府控制的《利雅得日报》（Al-Riyadh）发表了一篇专栏文章，宣称"犹太人为准备节日糕点而收集人血已是不争的事实"。文章作者隶属于沙特的一所受人尊敬的大学，他告诉读者，在过普林节时，人血必须取自一个青春期的基督徒或穆斯林；在过逾越节时，则必须取自不足十岁的孩子。[5]

在16世纪晚期，莎士比亚当然有可能利用这种耸人听闻的故事——毕竟，他已经在《泰特斯·安德洛尼克斯》（Titus Andronicus）中尝试过一种人肉点心——但他没有选择这么做。夏洛克对威尼斯的基督徒是一个威胁，但这种威胁与仪式谋杀无关。而是与他对主导文化的仇恨有关，与他痛苦的受伤感有关，与他随后的复仇计划有关。鉴于莎士比亚对古老的反犹诽谤毫无兴趣——他没有提到被投毒的水井，更没提用基督徒的血做节日点心——他本可以将夏洛克的满腔仇恨描绘成完全属于个人的情感，一种类似于摩尔人艾伦、驼背理查或坦率的伊阿古的病态心理。这些恶棍都不代表整个群体；他们每个人都为自己特有的东西所驱使。可以肯定的是，犯罪动机始终存在于罪犯的整个生命中，而他们的生命中也必然包含着群体因素。但正是驱使这些人物行动的仇恨，将他们从更大的群体类别中拉了出来，并使他们变得与众不同。

莎士比亚被这种极端的"由憎恶带来的个性化"深深吸引，并通常认为这足以激发戏剧中的行动。艾伦并不是一个凶手，没有得救，也无法被拯救，因为他是黑人；事实上，他唯一可爱的品质就是在面对乳媪的种族主义诽谤时为他的孩子辩护——"好宝贝,你是一朵美丽的鲜花哩。"(第四幕第二场72行)理查一度把自己的犯罪病理归咎于自己弯曲的脊柱,但我们并不能说所有驼背的人都是凶手。观众也不必仅仅因为伊阿古的行为,就怀疑所有旗官都隐藏着不可饶恕的恶意。

伊阿古尖刻地说:

> 你可以看到,有一辈天生的奴才,
> 他们卑躬屈膝,拼命讨主人的好,
> 一头驴子似的,甘心受鞭策,
> 为一些粮草出卖一生,
> 等到老了,就被主人撵走。(《奥瑟罗》第一幕第一场44~48行)

这是伊阿古的社会地位,但他不会接受这个安排。正是他的仇恨使他得以逃离,并指明了他所谓的"特殊利益":

> 上天是我的公证人,我不是出于忠心和责任,
> 对他赔着小心,只是为了自己的利益。
> 要是表面上的恭敬行为会泄露内心的活动,
> 那不久我就要掏出心来,让乌鸦乱啄。
> 世人所知道的我,并不是实在的我。(第一幕第一场59~63行)

"世人所知道的我,并不是实在的我"是伊阿古的"独立宣

59 言",他要脱离出身和职业可能令他归属的任何群体。

夏洛克的邪恶是他个人的,但在更深层面以及本质上也与他的犹太性有关,即作为一种集体的否定原则的犹太性。如果把伊阿古对没有得到提升的愤怒去掉,伊阿古还是伊阿古;除去理查的畸形,尽管它很重要,还是会有葛罗斯特公爵的那种扭曲的心灵。我们可以肯定,如果需要,这两个恶人总会找到其他理由,作为其残忍计划的基础。毕竟,当伊阿古得到梦寐以求的晋升时,他并没有感到满足,同样,理查在发现他终究能引诱一个女人时,也没有停止谋杀阴谋。若除掉夏洛克的犹太性,那他就什么都不是了。这种什么都不是的情景在《威尼斯商人》的第四幕结尾确实发生了。

莎士比亚戏剧中有一种群体身份,能在其力量足以激起怨恨和邪恶这一点上接近犹太性。爱德蒙在《李尔王》中的行为直接关系到一整类人,即私生子的苦难:

> 为什么我要受世俗排挤,
> 让世人的歧视剥夺
> 我应享的权利,
> 只因为我比一个哥哥迟生了一年
> 或十四个月?为什么我就成了私生子?
> 为什么我就比别人卑贱?
> 我健壮的体格、慷慨的精神和端正的容貌,
> 哪一点比不上正经女人生下的儿子?
> 为什么要给我加上庶出、私生子的恶名?
> 凭什么我就是贱种、贱种、贱种?
> 难道在热烈兴奋的奸情里,

> 得天地精华、父母元气生下的孩子,
> 倒不及拥着一个毫无欢趣的老婆,
> 在半睡半醒中制造出来的那批蠢货?(第一幕第二场 2~15 行)

爱德蒙的邪恶是他所谴责的社会标签的结果;某种程度上,他就像夏洛克。但与夏洛克不同,爱德蒙决心尽快从他一出生就属于的被污名化的群体中逃脱出来。他的本性并没有表现出他的群体认同,而是在反抗这种认同。虽然爱德蒙犯下了骇人听闻的罪行,但他实际上并不是夏洛克那样的仇恨者。他阴谋反对他的兄弟和父亲,不是因为他恨他们中的任何一个——如果说有什么恨的话,那就是他对他们怀有一种变态的、复杂的蔑视——而是因为他拒绝留在命运指定给他的群体类别中。

当夏洛克被邀请与巴萨尼奥和安东尼奥一起吃饭时,他的反应正好相反:

> 是的,叫我去闻你们的猪肉的味道,吃你们拿撒勒先知把魔鬼赶进去的脏东西的身体!我可以跟你们做买卖,讲交易,聊天散步,以及诸如此类的事情,可是我不能陪你们吃喝做祷告。(第一幕第三场 28~32 行)

无论是在四开本还是在对开本的版本中,莎士比亚都没有说明夏洛克的这些话是对巴萨尼奥说的,还是对观众说的。这两种情况都有可能,尽管在当时,犹太人提到耶稣是很危险的。无论如何,它们显然不仅是夏洛克个人拒绝与外邦人进行社会交往(与经济交往不同)的表现,也是他的犹太身份的表现,这一拒绝让他后来付出了巨大代价。犹太人在威尼斯的存在，只有部分是由基督教律法规定的，历史上犹太人由于这些律法而被迫生活在隔都，这限制了他们的经济活动范围，迫使他们成为放债人。他们的生活也被犹太社区的内部规范定义，莎士比亚认识到这些规范的重点在饮食禁忌和祷告上。夏洛克说得很清楚，遵守犹太教规意味着犹太人必须把自己与外邦人间的普通交往隔离开来。这些话还包含了其他意思，一种我从自己笃信宗教的父母那里听到并清楚记得的东西：一想到吃猪肉就恶心。我怀疑我父母不知道耶稣把魔鬼赶进了加大拉的猪群，但他们强烈感到猪是不洁净的，而且他们觉得，连猪的气味也隐约受到了污染。

然而，夏洛克的厌恶并不像爱德蒙的"他们为什么给我们贴上标签"那样，是对自己处境的一种抗议：这就是他的处境，是他的基本身份。他不想退出；他想保持这个身份。他很清楚身边基督徒的生活方式。他知道外邦人吃猪肉，知道他们喜欢听"弯笛子的惨叫声音"，且知道他们通过"脸上涂得花花绿绿"，也就是戴假面来取乐（第二幕第五场 29、32 行）。他并非不知道他们的乐趣，他只是不想参与其中。他甚至读过外邦人的《圣经》，或者在犹太人被迫参加的布道中听过。因此，当他对拿撒勒人的魔术进行评论，或者稍后当他瞥见安东尼奥的时候，他提到了《路加福音》18 中的税吏：

> 他的样子多么像个摇尾乞怜的税吏。
> 我恨他因为他是个基督徒；
> 可是尤其因为他是个傻子，
> 借钱给人不取利息，
> 把威尼斯放贷这一行的利息都压低了。

> 要是我有一天抓住他的把柄,
> 一定要向他报复我的深仇宿怨。
> 他憎恨我们神圣的民族,
> 甚至在商人会集之地当众辱骂我,
> 我的交易,以及我赚的钱,
> 说那些都是盘剥得来的腌臜钱——
> 要是我饶了他,我们的部族永远没有了翻身的日子。

(第一幕第三场 36~47 行)

夏洛克对安东尼奥的仇恨有其经济动机——"借钱给人不取利息"——但就连这种保护个人利益("我,我的交易,以及我赚的钱")的决心,也直接与夏洛克的基本观念有关,即基督徒与"我们神圣的民族""我们的部族"之间存在着绝对的差异。

"我恨他因为他是个基督徒。"就是这么简单,或这么复杂。这些话不是对别人,而是对他自己说的。"夏洛克,你听见吗?"巴萨尼奥问,他注意到这个放债人沉浸在自己的思绪中。这些思绪集中在对基督徒的仇恨上。当然,夏洛克马上补充说他认为经济动机甚至更重要,但这一经济动机很难摆脱集体仇恨。毕竟,安东尼奥的无息贷款是对犹太人的直接打击:"他借钱给人不取利息,把威尼斯放贷这一行的利息都压低了。"当伊阿古开始补充他讨厌奥瑟罗的原因时,动机的积累——这些动机的方向各不相同——开始将他的仇恨的深层原因神秘化。在《威尼斯商人》中,这些动机相互强化,又反过来导致了犹太人对基督徒的仇恨,即夏洛克口中的"深仇宿怨"。

这种"深仇宿怨"是个人的——它经历过许多次直接而不堪的遭遇：

> 您骂我是异教徒，杀人的狗，
> 把唾沫吐在我的犹太长袍上，
> 只因为我用自己的钱赚几个利息。
> 好，看来现在您来向我求助了。
> 您跑来见我，您说，
> "夏洛克，我们要几个钱"——
> 您把唾沫吐在我的胡子上，
> 用您的脚踢我，好像我是
> 您家门口的一条野狗。（第一幕第三场 107~115 行）

但这不仅是个人受辱的故事。这种"深仇宿怨"的产生不只是因为安东尼奥多年来一直唾弃并诅咒夏洛克；在漫长而痛苦的许多个世纪里，犹太人与基督教的关系始终如此。对犹太人来说，这种关系导致了犹太人居住区的存在、经济生活被限制在放债以及犹太长袍上的黄色徽章。对基督徒来说，这种关系导致了安东尼奥——通常慷慨大方、充满爱心，但天性多少有些压抑——对被鄙视的敌人有如此行为，就好像他觉得有必要表现出一种集体的憎恶。按他自己的说法，夏洛克对这种粗暴对待的反应也是集体行为的表现：

> 我总是忍气吞声，耸耸肩膀，
> 因为忍受迫害是我们民族的特色。（第一幕第三场 105~106 行）

不过，夏洛克是那个民族中的较为突出的一个，他并非凡事都能忍耐；他暗中策划报复，而且主动采取行动。[6] 也就是说，他与安东尼奥之间所谓的"游戏的契约"是他自己想出来的，而不是与他的犹太同胞密谋的（第一幕第三场 169 行）。但与理查、伊阿古或爱德蒙不同，夏洛克并没有被孤立：莎士比亚不厌其详地将夏洛克与他所在的更大的犹太人群体联系在一起。此剧将他描写为一个有钱人，本应该很容易就能表现出他完全靠自己的作为：当他的女儿杰西卡和罗兰佐私奔时，她从他那里偷了黄金、珠宝和金币，这充分证明他在家里积蓄了巨大的财富。然而，在与安东尼奥的交易中，夏洛克马上又提到另一个犹太人。他在听说要让他借款时说：

> 我正在估计我手头的现款，
> 照我大概记得起来的数目，
> 要一时凑足三千块钱，
> 恐怕办不到。但没关系，
> 我们族里有个犹太富翁杜伯尔，
> 可以供给我必需的数目。（第一幕第三场 48~53 行）

莎士比亚为什么要增加这个情节？如果夏洛克以杜伯尔的介入为借口提高他向安东尼奥收取的利息，那是有道理的，但这种策略并未被披露。相反，夏洛克宣称他愿意向折磨他的基督徒提供一笔无息贷款。他对安东尼奥说：

> 我愿意跟您交个朋友，得到您的友情，
> 忘掉您从前加在我身上的种种羞辱，

> 您现在需要多少钱，我如数给您，
> 而且不要您一个子儿的利息。（第一幕第三场 133～136 行）

他所要求的一切对于这一异常善良的提议的担保，不过是一个玩笑般的保证，其意义在于它完全没有价值：

> 若有违约，
> 就得随我的意思，
> 在您身上任何部位割下整整
> 一磅白肉，作为处罚。（第一幕第三场 144～147 行）

那引入杜伯尔有什么意义呢？关键在于，从某种意义上来说，借款来自整个部族；这是犹太人的钱。之后，杜伯尔在寻找夏洛克女儿的过程中扮演了重要角色。["又一个他的族中人来啦。"萨莱尼奥说，他看见杜伯尔来向夏洛克报告寻找过程（第三幕第一场 65 行）。]女儿私奔不仅仅是夏洛克一个人的问题，这是一整个部族的问题。因此，当愤怒的夏洛克看到自己有机会毁灭安东尼奥时，那也是两个犹太人所在群体投向另一个更大群体的短暂而险恶的一瞥：

> 去吧，杜伯尔，现在离借约满期还有半个月，你先给我到衙门里走动走动，花费几个钱。要是他违约了，我要挖出他的心来；只要威尼斯没有他，生意买卖全凭我一句话了。去吧，杜伯尔，咱们在会堂里见面。好杜伯尔，去吧；会堂里再见，杜伯尔。（第三幕第一场 104～108 行）

"生意买卖全凭我一句话了"——夏洛克这是在为自己说话，不是为犹太同胞。此剧明确了这种明显孤立的原因：这并不是说夏洛克已经脱离了他的群体，而是说，直到这一刻，他才以他自己的身份，完全承认了他与这个群体的关系。他对杜伯尔说："诅咒到现在才降落到咱们民族头上。"接着，他又纠正自己说："我到现在才觉得它的厉害。"（第三幕第一场72~73行）犹太人遭受苦难和失落的漫长历史成了他个人的历史：

> 你这你这——损失再加损失：贼子偷了这么多走了，还要花这么多去寻访贼子，结果仍旧是一无所得，出不了这口怨气。只有我一个人倒霉，只有我一个人叹气，只有我一个人流泪！（第三幕第一场78~81行）

这是自恋和自怜，但并非试图摆脱犹太人的身份，而是试图成为一个完整的、典型的犹太人。我们实际上是在观察民族或宗教认同形成的完整过程，就好像夏洛克，凭借他的财富和创业能力，在此之前一直置身于犹太人的群体之外。

此前，夏洛克在与萨拉尼奥和萨拉里诺的激烈交锋中，已经确认了这种集体身份。交锋中，两个基督徒向夏洛克提出了一连串嘲弄性的问题：

> 啊，夏洛克，商人中间有什么消息？

> 说什么，老东西，活到这么大年纪，还跟自己过不去？

> 可是告诉我们,你没听见人家说起安东尼奥在海上遭到了损失?
>
> 我相信要是他不能按约偿还借款,你一定不会要他的肉的。那有什么用处呢?(第三幕第一场 19~20、31、35~36、43~44 行)

夏洛克被这种嘲弄激怒了,他提出了自己的问题,并给出了答案:

> 他曾经羞辱我,夺去我几十万块钱的生意,讥笑我的亏蚀,挖苦我的盈余,侮辱我的民族,破坏我的买卖,离间我的朋友,煽动我的仇敌;他的理由是什么?我是一个犹太人。(第三幕第一场 46~49 行)

"我是一个犹太人"这句话既是安东尼奥的"理由",是他对夏洛克行为的解释,也是夏洛克对自己身份的肯定。[7] 正是基于这个基本的、显然不可简化的肯定,夏洛克提出了下面这些著名的问题:

> 难道犹太人没有眼睛吗?难道犹太人没有五官四肢、没有知觉、没有感情、没有血气吗?他不是吃着同样的食物,同样的武器可以伤害他,同样的医药可以疗治他,冬天同样会冷,夏天同样会热,就像一个基督徒一样吗?你们要是用刀剑刺我们,我们不是也会出血吗?你们要是搔我们痒,我们不是也会笑起来吗?你们要是用毒药谋害我

们，我们不是也会死吗？那么要是你们欺侮了我们，我们难道不会复仇吗？（第三幕第一场49~56行）

对于犹太人是人这一观点的坚持，只有在怀疑他们可能不是，他们可能是别的什么时才有意义。相反，他们可能是什么这一问题的答案很快会被披露出来，下面这些话表明萨拉尼奥和萨拉里诺根本没有被夏洛克的教义问答说服：

又是一个他的族中人来了。世上再也找不到第三个像他们这样的人，除非魔鬼自己也变成了犹太人。（第三幕第一场65~66行）

魔鬼是大敌，因此犹太人是魔鬼的化身，而善良的安东尼奥作为一个基督徒，有义务全心全意地憎恨魔鬼。

夏洛克的一番话是他对自己身份的一种宣示——"我是一个犹太人"——同时也是试图拒绝将他的这种身份，等同于犹太人和犹太性在中世纪晚期的基督徒眼中所代表的形而上的敌人。[8]因此，他特别强调相同的肉体特征：眼睛、五官四肢、流血、笑，诸如此类。夏洛克对犹太人和外邦人之间共通的人性的坚持，导致他忘记了那些重要的区别，如割礼，还有他自己之前坚持的一个关键区别：他现在说，我们"吃着同样的食物"。这里他想表达的当然不是友谊，而是敌意，正如他坦率承认的那样，但它是政治敌意，而不是绝对的、不可磨灭的、不可根除的他者性的梦想。

然而，夏洛克在法庭上表达出来的正是这个梦想。他无情、固执、狠毒，他磨快了那把刀，要从安东尼奥身上割下一磅肉来。"指着我们神圣的安息日，"他宣称，"我已经起誓，一定要照约执行处罚。"（第四幕第一场35~36行）安东尼奥强调了这个誓言所揭示的内容：夏洛克的决心的犹太特性。等待挨宰的受害者宣称：

> 还有什么难事不可以做到？
> 要是你能够叫这个犹太人的心变软——
> 世上还有什么东西比它更硬呢？（第四幕第一场77~79行）

行为放荡的葛莱西安诺"太随便，太不拘礼节，太爱高声说话"（第二幕第二场162行），且如他的朋友巴萨尼奥所说，不能把他的话完全当真，但他并不是唯一一个怀疑"愚蠢、血腥、残暴和贪婪"（第四幕第一场137行）的夏洛克没有人性的人。夏洛克完全不为公爵口中的"人的温柔和仁爱"（第四幕第一场24行）所动，他似乎体现了一种无限的、不合理的、无法解释的仇恨，对基督徒来说，这种仇恨标志着犹太人与万恶之父的本质联系。

但事实上，冗长的法庭戏并没有以夏洛克是撒旦后裔这一揭示而收场。它以令人吃惊的披露收场，即夏洛克的仇恨有其局限性。可以肯定的是，他没有接受雄辩的鲍西娅对宽恕的请求。"我自己做事自己当，"他坚持说，"我要求法律。"（第四幕第一场201行）这种对法律的要求，这种想在民事诉讼中取安东尼奥性命的欲望，标志着夏洛克不敢逾越的界限。他有机会采取行动——他手上有把锋利的刀，他憎恨的仇敌裸露着胸膛，这正是复仇的机会。当然，他在等待法官的明确许可，他预计自己能很快获得许可，所以提前动手没有意义。但当鲍西娅披露契约中的法律漏洞——"这约上并没有允许你取他的一滴血。/只是写明着'一磅肉'"（第四幕第一场301~302行）——时，夏洛克仍然可以行动。鲍西娅清楚地说明了这一选择的后果：

> 所以你准备动手割肉吧。
> 不准流一滴血，也不准
> 割多割少，只是一磅肉。
> 要是你割下来的肉，
> 比一磅略微轻一点或重一点，
> 即使相差只有一丝一毫，
> 或者仅仅一根汗毛之微，
> 就要把你偿命，
> 你的财产全部充公。（第四幕第一场 319~327 行）

没收财产并不会戳中夏洛克的要害；夏洛克的女儿杰西卡已经偷走家里几乎所有值钱的东西，同一个基督徒私奔了。但为了报复安东尼奥，他将不得不牺牲自己的生命。

夏洛克问道："哪一个人会恨他不愿意杀死的东西？"[9]（第四幕第一场 66 行）鲍西娅设计了一个测试，看看夏洛克有多恨安东尼奥，答案是还不够。夏洛克的恨意还不足以让他把刀刺进仇敌的心脏；而他现在就可以在所有嘲笑过他、鄙视过他的人面前这么做，只要他愿意为此丧命。面对这种绝对的、自杀性的仇恨，夏洛克退缩了："把我的本钱还我，放我去吧。"（第四幕第一场 331 行）

这个犹太人没有将仇恨进行到底，即以自我毁灭的代价消灭敌人，而是做出了不同选择：他选择了自己的钱（"把我的本钱还我"）和生命（"放我去吧"）。起初，他要求得到巴萨尼奥先前愿意支付的费用。"照原数加倍也可以。要是这样还不够／我愿意签署契约，还他十倍的数目。"（第四幕第一场205~206行）但当这种过分的要求被拒绝时，他只要求他原先提出的数目——"单单拿回我的本钱"（第四幕第一场337行），这么做表明他正设法确保不会失去自己的生存手段："你们夺去了我养家活命的根本／就是活活要了我的命。"（第四幕第一场371~372行）

在生命的关键时刻，已准备好殉难的基督徒安东尼奥要求放弃与夏洛克进行进一步谈判的所有尝试——"所以我请你／不用再跟他商量什么条件"（第四幕第一场79~80行）——并表示他完全愿意去死：

> 我是羊群里一头不中用的病羊，
> 死是我的应分；最软弱的果子
> 最先落到地上；让我就这样了结。（第四幕第一场113~115行）

在同样决定性的时刻，犹太人夏洛克似乎听到了《申命记》30:19中的话："所以你要拣选生命。"但事情没有这么简单，正如鲍西娅很快会透露的。

夏洛克想要待在法律的怀抱中，但现在法律紧紧抓住了他。由于这个犹太人实际上企图杀害一名威尼斯公民，这一诉讼已从民事案件转为刑事案件，原告已成为被告。安东尼奥进而设定了和解的条件，使得夏洛克得以逃脱死刑，但夏洛克的财产立刻损失了一半，全部产业都归他女儿和女婿，而他本人改信了基督教，也就是说，失去了差异。失去这种差异后，犹太人也就消失了。该剧在到达终场前还有整整一幕戏。剩下的就只有喜剧了，当然还夹杂着一点忧郁，但不管怎样，它仍是喜剧。

夏洛克的改宗和消失，挽救了一个已经危险地转向悲剧的剧本，标志着那种特定的、有界限的文化流动（这是本章的起点）的崩溃。我认为，这种流动并不依赖于纯粹的、抽象的替代逻辑，而是依赖于基督教的两个接受天启的、因而根本无法同化的敌人——犹太教和伊斯兰教——之间的特殊联系。莎士比亚的美学解决方案在于将敌人同化——在失去财产和生命的威胁下，敌人终将认可这种同化。面对损失如此大的前景，夏洛克的仇恨达到了极限。

莎士比亚在创作出《威尼斯商人》几年后，又回到了仇恨的主题上，他试着想象，如果仇恨者不接受任何限制，愿意不惜一切代价消灭敌人，那会怎样。《奥瑟罗》再次涉及"他们"和"我们"的关系，但现在这个大仇恨者是"我们"中的一员。[10]伊阿古对正义不感兴趣，他不"要求法律"。他只想要奥瑟罗彻底毁灭，为此他会不择手段。他依靠奥瑟罗，先当旗官，后当副将，这种依赖关系并不重要，重要的是他改变了自己的地位；他的妻子爱米利娅是奥瑟罗妻子苔丝狄蒙娜的女仆，这也不重要。伊阿古的著名建议——"多往你的钱袋里放些钱"（第一次出现于第一幕第三场333行）——的讽刺之处在于，他对自己的幸福完全不感兴趣。他的仇恨如此强烈、如此专一，令他最终对自己的生存漠不关心。

当临近剧终，奥瑟罗最终明白自己受骗上当时，他惊讶地望着伊阿古,并说:"让我看看他的脚。"他预计自己会看到作为邪恶之源的魔鬼的分趾。但这一发现所带来的神奇效果并没有实现:"让我看看他的脚,但那只是个传说。"(第五幕第二场 292 行)奥瑟罗看到的只是正常人的身体。"你们问一问那个顶着人头的恶魔,"他抓着这一传说的碎片问道,"为什么他要这样陷害我的灵魂和肉体?"(第五幕第二场 307~308 行)在《威尼斯商人》中,面对类似的问题,夏洛克回答说,除了对安东尼奥抱着"久积的仇恨和深刻的反感"(第四幕第一场 59 行)之外,他没有别的理由。在《奥瑟罗》中,伊阿古甚至拒绝接受一种简略的动机说明所能提供的哪怕是最微小的满足:

> 什么也不要问我。你们所知道的,你们已经知道了。
> 从这一刻起,我不再说一句话。 (第五幕第二场 309~310 行)

这一刻的另一边没有喜剧的可能性,也没有伊阿古逃到乡间别墅里月光下的花园的可能性。面对存在于一个普通人心中无限的、绝对的、无言的仇恨,旁观者也会变得语无伦次。其中一个说要拷打伊阿古,迫使他开口说话——但这有什么意义呢?观众已经听到了伊阿古所说的一切,也知道他在严刑拷打下说不出什么来。正是这种认识以及对魔鬼只是人本身的认识,赋予了该剧结尾用来描述"床上一双浴血的尸身"景象的那个词以分量,令它第一次有了完整的且能引发共鸣的力量。那个词就是:悲剧。

"瞧瞧这床上悲剧的景象吧,"威尼斯官员罗多维科对伊阿古说，"这是你干的好事。"（第五幕第二场 373~374 行）"悲剧"在此引起的共鸣，部分源自它对伊阿古所带来的文学特质的粗略承认，以及它对剧作家在一定程度上认同其笔下最可怕的反派人物的隐晦而痛苦的承认。莎士比亚也认同夏洛克——最近出版的一本论《威尼斯商人》的好书就被命名为《夏洛克即莎士比亚》（Shylock is Shakespeare）[11]——但夏洛克消失后有整整一幕戏在继续上演，这明显标志着此种认同的局限性。然而，随着伊阿古的消失，《奥瑟罗》只剩下了沉默。

莎士比亚的喜剧为观众提供了一种虽令人不安但十分可靠的皈依幻想：夏洛克会成为我们中的一员，这样他就会消失。但在《奥瑟罗》中没有类似的可靠性：执拗的伊阿古的仇恨没有限制，他已经是我们中的一员了。

面对这一无法忍受的事实，奥瑟罗，这个把自己塑造成基督教文明的英勇捍卫者的黑皮肤局外人，绝望地试图保护一个摇摇欲坠的道德世界。"我对于国家曾经立过相当的功劳，"他说，"这是执政诸公所知道的。"（第五幕第二场 348 行）在过去的某个时期，这种宣言可能会产生一种特殊的道德力量，这种力量来自为伟大的集体事业而抛开个人顾虑的理念。[12]但席卷奥斯曼帝国舰队的风暴已经摧毁了这种使命感，而正是这种使命感令当权者对自己权力的正当性和重要性充满信心。

在《奥瑟罗》的尾声，威尼斯的官员葛莱西安诺和罗多维科做出了一切有利于恢复社会秩序的姿态：

> 你必须离开这座房子，跟我们去。
> 你的军队和兵权必须全部交卸，
> 让凯西奥主持塞浦路斯……

……要把你严密监禁。

……来,把他带下去。(第五幕第二场 339~346 行)

但此时,威尼斯官员审判、惩罚、重新分配财产的权力——这正是《威尼斯商人》中官员用以解决纠纷的权力——似乎已经失去了所有的道德意义。有谁关心奥瑟罗的房子和财产,不管其价值是多少,最后归于苔丝狄蒙娜的叔叔葛莱西安诺吗?再次要求对伊阿古实施酷刑——"千万不要宽纵他!"(第五幕第二场 379 行)——似乎只会加强一种感觉,即在面对深不可测的仇恨时,国家是无关紧要的。

葛莱西安诺和罗多维科采取了传统措施以使他们自己相信,局势现在已得到控制。他们对所发生的事情感到恐惧,但他们不愿再多思考几分钟。他们准备回去报告这一事故,但他们实际上什么也不明白。面对难以理解的、无限制的、自杀性的恶意,他们做了我们大多数人会做的事情,以便继续他们平凡、温馨和破碎的生活:他们拉上了帷幕。"这景象伤心惨目,/赶快把它遮起来吧。"(第五幕第二场 374~375 行)

奥瑟罗总是倾向于英雄主义的行为,他必须自己去尝试重建破碎的道德权威。对于常人伊阿古来说,他是不可能被救赎的,奥瑟罗和其他任何人都无法成功地使苔丝狄蒙娜复活。但在困惑和悲伤的迷雾中,奥瑟罗看到了一种方式,既能重新掌控他所谓的自己的人生故事,又能修复对他忠诚服务的国家之权威造成的损害。他可以亲自将伊阿古的行为拉回正轨,一同实现所在群体的目标。直率的伊阿古,这个完美的圈内人,似乎是那个群体所奉行的价值观的典范,但实际上他"叛变"成了虚无主义者:"我并不是我自己。"奥瑟罗的任务是识别并摧毁一个合适的敌人,一个威尼斯基督徒长期以来认为值得仇恨的目标。

奥瑟罗在自己身上找到了这个目标。他先把自己比作"卑贱的犹太人"——一个"会把一颗比他整个部落所有的财产更贵重的珍珠随手抛弃"的人,[13]之后,好像犹太人身份还不足以引发无限的憎恨,他转向了另一大敌——"一个裹着头巾的敌意的土耳其人";最后他对这两者进行自杀性攻击:"我一把抓住这受割礼的狗子的咽喉/就这样把他杀了。"(第五幕第二场356、362、364~365行)[14]

第四章　莎士比亚与权威伦理

1998 年,我的朋友罗伯特·平斯基(Robert Pinsky)获选美国桂冠诗人,邀请我参加在白宫举行的诗歌晚会,这场晚会是为庆祝即将到来的千禧年而组织的一系列正式活动之一。晚会上,克林顿总统做了介绍性演讲,他回想起他第一次接触诗歌是在初中,老师让他背诵《麦克白》(Macbeth)中的某些段落。他苦涩地说,对于从政生涯来说,这不是最吉利的开端。

演讲环节结束后,我排队等候跟总统握手。轮到我时,我突然产生了一种奇怪的冲动。这是莱温斯基事件①的传闻开始流传的时刻,当时整个事件尚未发展成一场怪诞的全国性马戏表演。"总统先生,"我伸出手说,"您不认为《麦克白》是一部伟大的戏剧吗?它讲述了一个野心勃勃的人被迫去做一些他知道在政治和道德上是灾难性的事。"克林顿握着我的手,看了看我说:"我认为《麦克白》是一部关于一个野心勃勃却没有道德目标的人的伟大戏剧。"

我对他如此机敏且有见地的回答感到吃惊,这句话如此恰当地呼应了麦克白对于自己内心的冲动的痛苦沉思,正是这种冲动驱使麦克白谋杀苏格兰的合法统治者,从而攫取权力:

---

① 又称拉链门,是时任美国总统克林顿与白宫女实习生莱温斯基(Monica Lewinsky)之间的性丑闻。

没有一种力量可以鞭策我
实现自己的意图，
可是我的跃跃欲试的野心，
却不顾一切地驱着我去冒险。（第一幕第七场 25～28 行）

那天晚上我在离开白宫时想，比尔·克林顿错过了他真正的职业，当然，那就是当一名英语文学教授。但他实际选择的职业，让我们更有理由去思考，是否有可能在莎士比亚的作品中，发现一个"合乎道德的"、足以满足人类雄心壮志的目标。

麦克白自己似乎为这个问题所折磨。可以肯定的是，他的焦虑一定程度上源于一种直截了当的审慎考虑，一种他对于自己会不可避免地付出代价，即一报还一报的恐惧。但他不安的根源在于他的道德义务，即服从和侍奉他的主人国王的义务。他的妻子非常了解丈夫的性格，已经清晰地预料到了他内心的挣扎：

你希望做一个伟大的人物，
你不是没有野心，
可你缺乏和那种野心相连的奸恶。（第一幕第五场 16～18 行）

因此，面对夺取王位的绝佳机会——邓肯王到他城堡做客——麦克白退缩了。麦克白心想，自己既是邓肯王的亲戚，又是臣子，此时此刻还是接待国王的主人，"应该保障他身体的安全，/怎能自己持刀行凶？"（第一幕第七场 15～16 行）最重要的是，在国王的行为举止中，没有什么可以令谋杀他的行为带有一丝丝的正当性。（莎士比亚改变了他借用的典故中的情节，省略了邓肯无能的证据，从而消除了暗杀邓肯的合理依据。）相反，麦克白反复思量，

> 这个邓肯
> 天性温和，处理国政，从无过失，
> 要是把他杀了，他生前的美德，
> 将要像天使一般发出喇叭一样清澈的声音，
> 向世人昭告我的弑君重罪。（第一幕第七场 16～20 行）

"温和"这个形容词用在国王身上是很奇怪的，我们刚刚看到这位王进行了血腥的军事行动，下令立即处决他的敌人考特爵士。但它令麦克白陷入了对自己作为邓肯的谋杀者将面临的"弑君重罪"的更深沉思。

我认为，这里的神学语言必须被理解为莎士比亚对这个准凶手内心恐惧的表达，而不是对王权神圣性的肯定。当然，我们经常能在他的作品中读到类似的表述，但其中往往带有巧妙的讽刺：

> 一个君王是有神灵呵护的，
> 叛逆只能在一边蓄意窥伺。（《哈姆雷特》第四幕第五场 120～121 行）

弑君者克劳狄斯说出的这些激动人心的话，成功地平息了愤

怒的雷欧提斯。没有一部莎士比亚戏剧（包括《麦克白》）会明确赞同这种观点，即篡权行为必然是邪恶的，用暴力推翻既定秩序必然是不道德的。与他那个时代最保守的声音不同，莎士比亚没有明确表示反对血腥的废黜，即使是针对那些接受过加冕的君主。他深知，暴力是政权更迭的主要机制之一。

比如，在莎士比亚早期戏剧中，理查三世有王室血统，且比王国中的任何人都更有资格继承王位。（可以肯定的是，理查三世以自己的方式谋杀了每一个人，但残酷并非与合法性完全不相容。）他小心翼翼地将自己裹在道德权威的外衣里，手拿祈祷书，和两位"德高望重的神甫"（第三幕第七场75行）一起出现在民众面前，如果说这种虔诚的表现是虚伪的，是被大众欢呼声操纵的，那么莎士比亚的观众很容易理解这种表现是社会秩序中必不可少的元素。有些人可能还记得，女王伊丽莎白在加冕仪式上以极其引人注目的方式亲吻一本《圣经》。然而，莎士比亚的历史剧从不怀疑站在篡权者一边是合理的、明智的，甚至是必要的。理查三世这位陷入困境的国王力劝他的军队消灭入侵者，也就是一个"微不足道的小子"率领的一群"流氓、歹徒和逃犯"（第五幕第六场46、53行）。但这个微不足道的小子成功地杀死了国王。

然而，即使莎士比亚以无情的讽刺来对待有关王权的神秘传说，他也不赞成一般的抵抗原则。这种原则存在各种形式：乔治·布坎南（George Buchanan）倡导的诛杀暴君（tyrannicide）；蒙田的朋友艾蒂安·德·拉·波埃西（Etienne de la Boetie）提出的消极反抗；托马斯·斯塔基（Thomas Starkey）阐述的寡头共和主义。亨利八世统治时期的斯塔基写道:"还有什么比整个国家被一个王子的意志统治更令人厌恶的呢?"[1]他宣称,保障人类福祉、尊严和自由的唯一途径是举行自由选举,这一手段造就了伟大的古罗马共和国,也为当代威尼斯的繁荣昌盛做出了贡献。

莎士比亚对罗马和威尼斯都进行了富有想象力的创作,他非常理解斯塔基的观点,但他用批判和讽刺与之保持距离。他的作品中有选举——如《泰特斯·安德洛尼克斯》《科利奥兰纳斯》《哈姆雷特》《麦克白》——但这些选举都存在重大的缺陷。并不是说这几部剧对选举之外的选择"充满感情":它们提供了许多裘力斯·凯撒般的角色的变体,那些人被见利忘义的奉承者包围,沉浸在对自己的个人崇拜中,随时准备摧毁罗马岌岌可危的自由。决定摆脱这种公共威胁的共和主义阴谋家坚持一项道德原则:"我生下来就跟凯撒同样自由,"凯歇斯对勃鲁托斯说,"您也是一样。"(第一幕第二场99行)但我们不清楚他们自己是否有统治的意愿,事实上,勃鲁托斯在演说中明确表示,正是凯撒表现出的统治意愿促使凯撒被谋杀:

> 因为凯撒爱我,所以我为他流泪;因为他是幸运的,所以我为他欣慰;因为他是勇敢的,所以我尊敬他;但因为他有野心,所以我杀死他。(第三幕第二场23~25行)

尽管如此,如果谋反者们的目标是在新恢复的罗马共和国行使权力,那么,正如剧中所显示的那样,这种目标注定要被他们间的重大分歧、对人民意愿的蔑视以及致命的判断错误毁灭。最后,获胜的安东尼对他所谓的勃鲁托斯的"正义的思想",

莱昂·巴蒂斯塔·阿尔贝蒂，佛罗伦萨新圣母大殿的正立面（建于15世纪50年代）（©TPG）

列奥纳多·达·芬奇，《抱银貂的女子》（Lady with an Ermine, 1485~1490），波兰恰尔托雷斯基博物馆（©TPG）

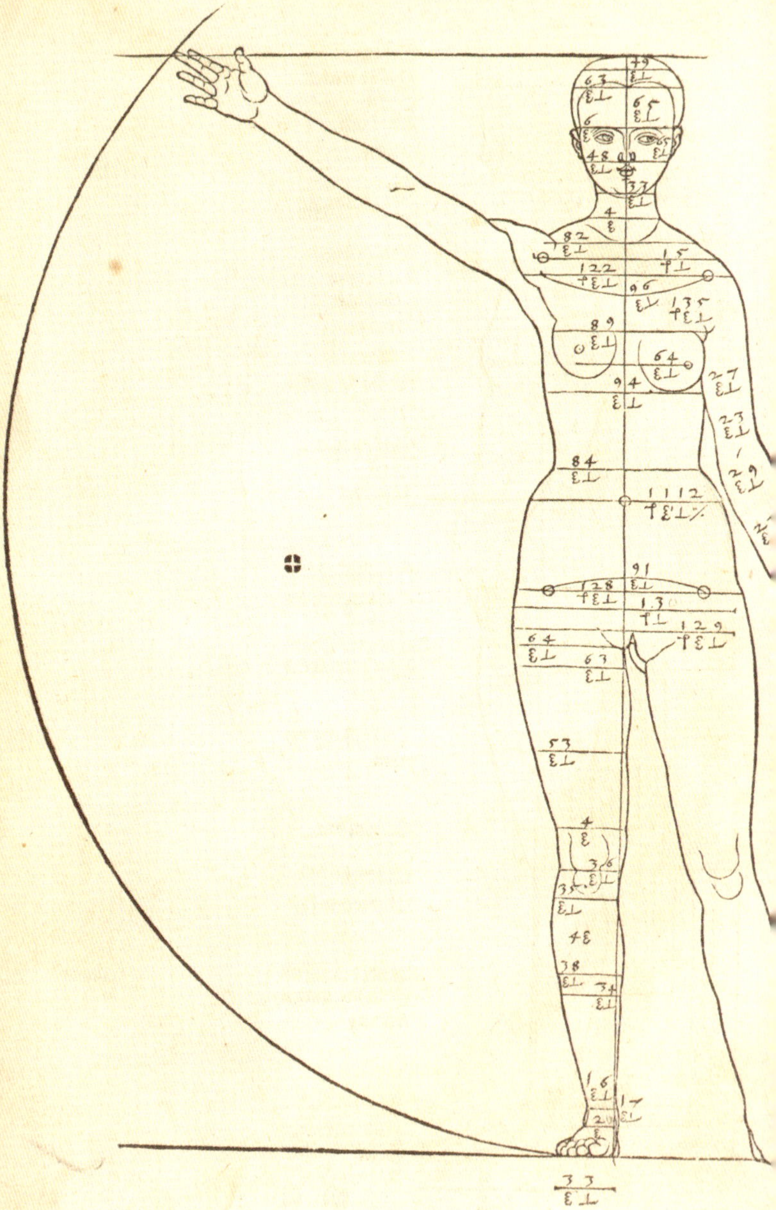

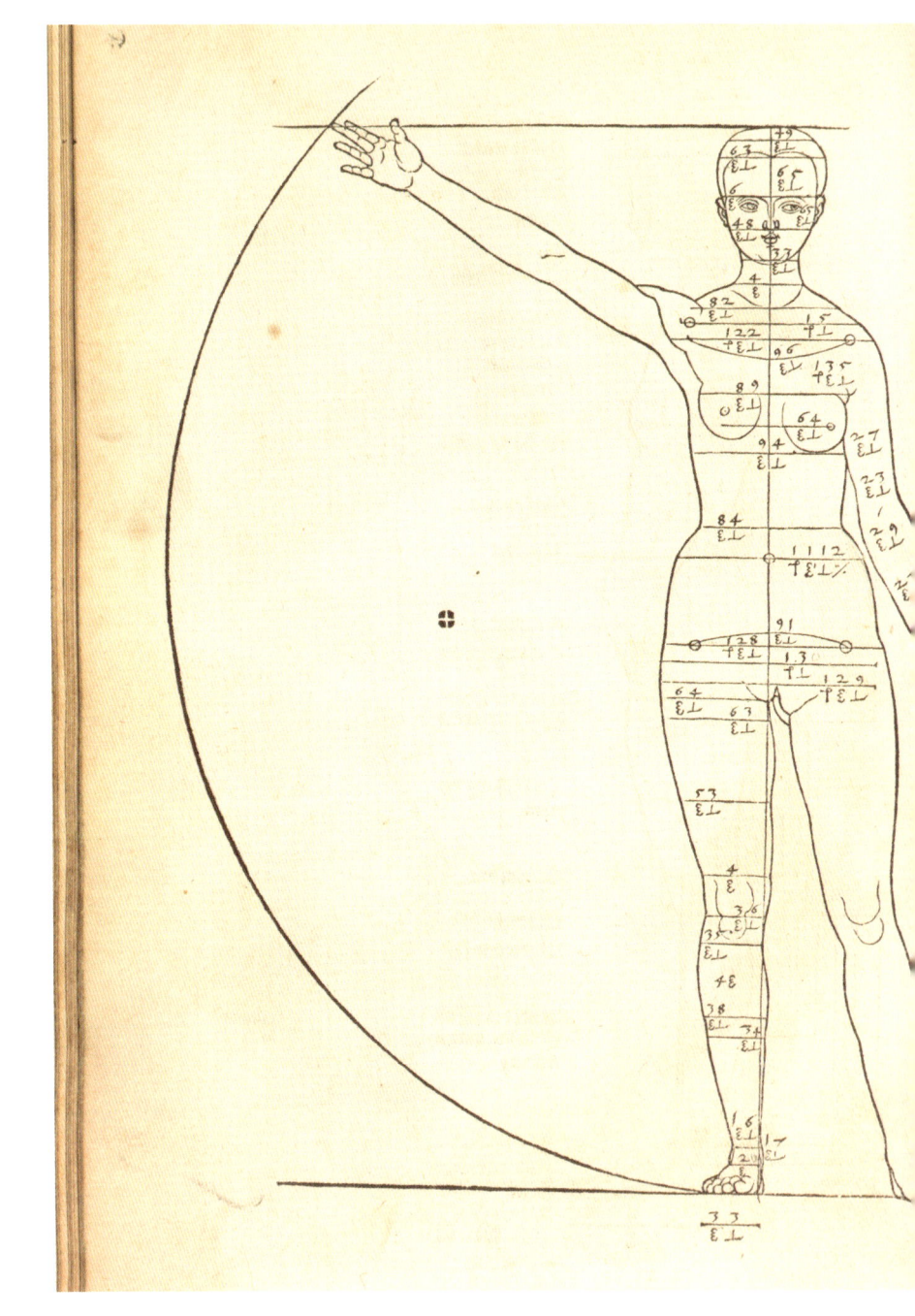

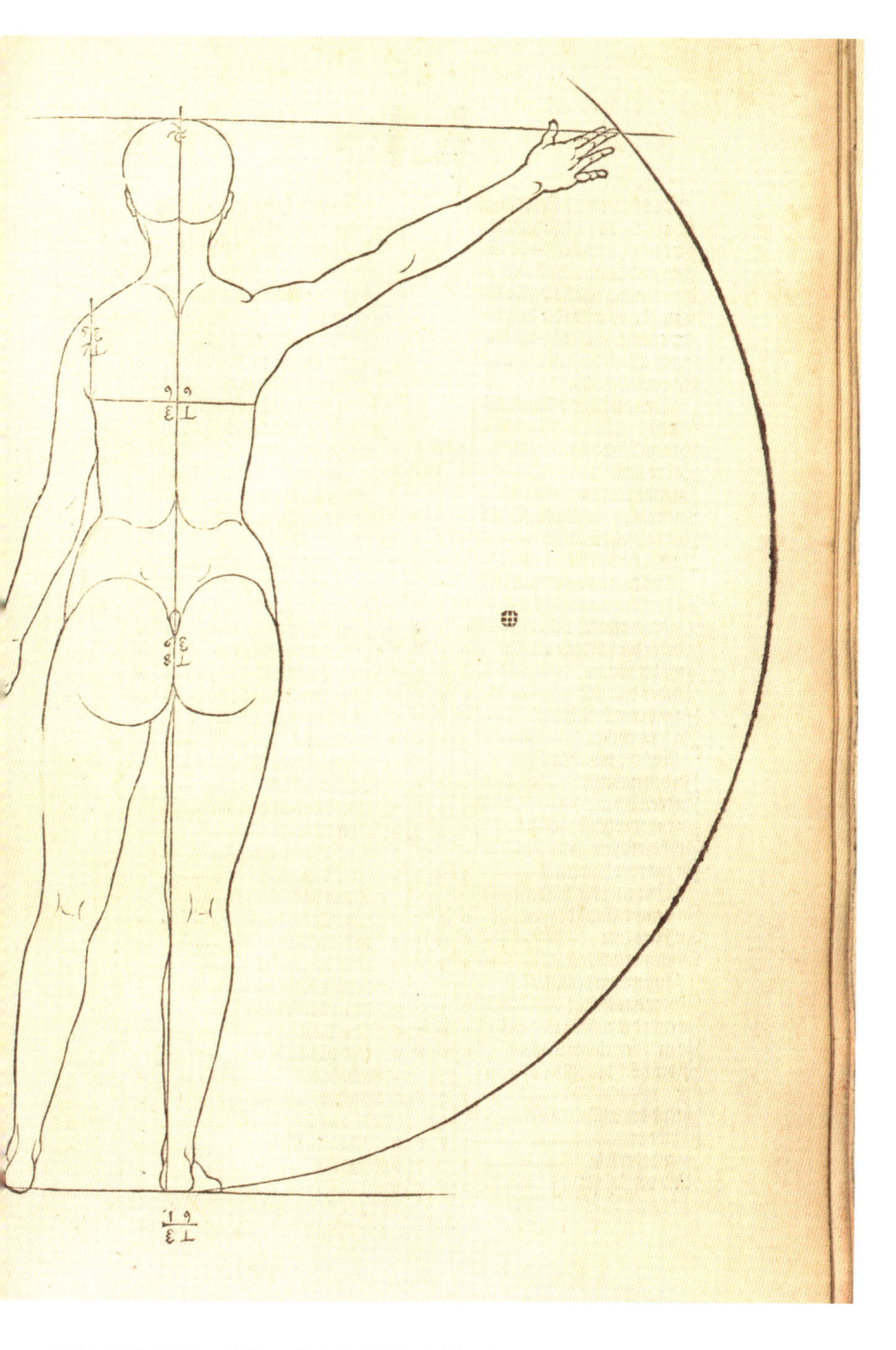

阿尔布雷希特·丢勒,《人体比例四书》(*Vier Bücher von Menschlicher Proportion*,1528),哈佛大学霍顿图书馆

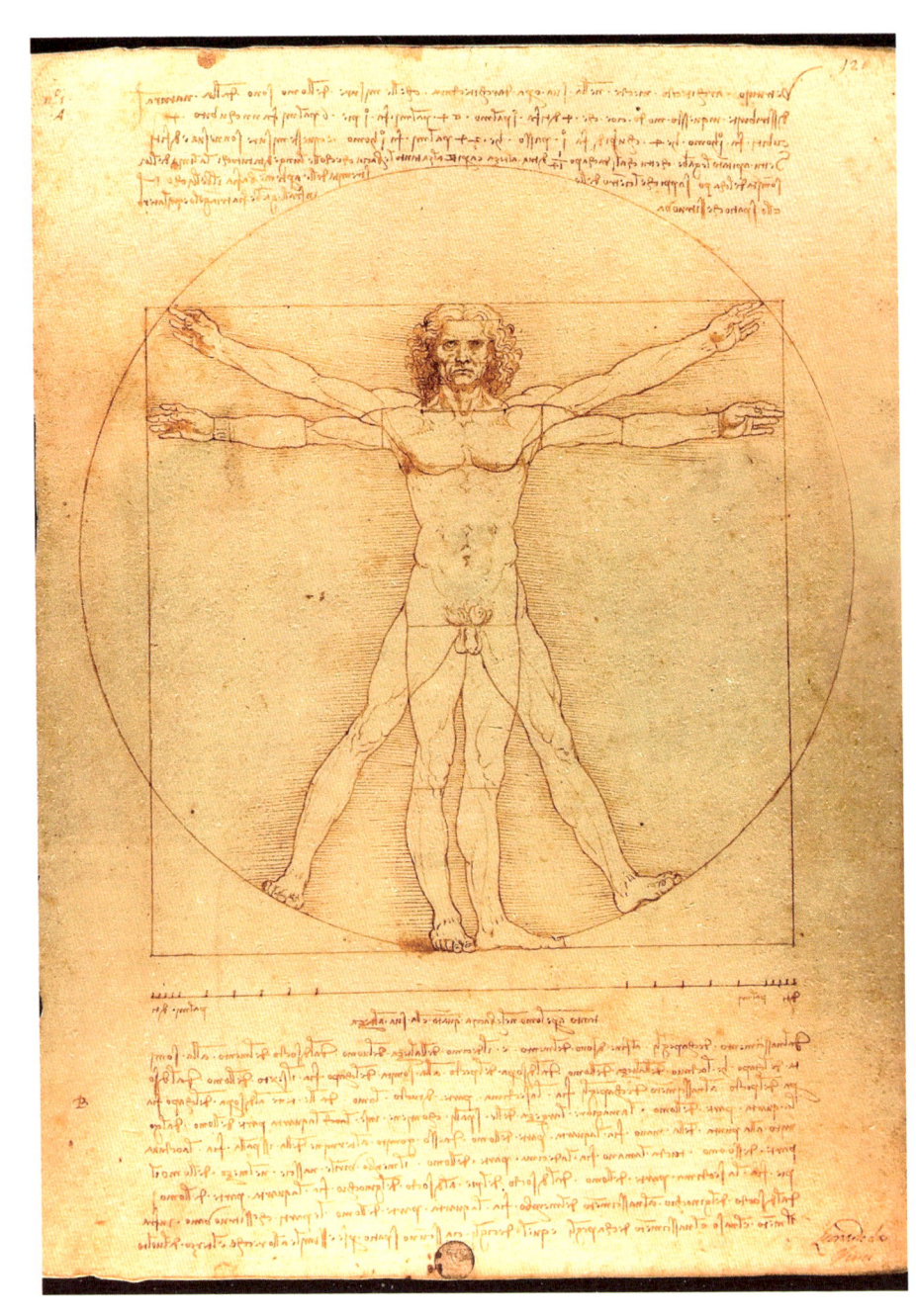

列奥纳多·达·芬奇，《维特鲁威人》（*Vitruvian Man*，约 1485~1490），威尼斯美术学院（©TPG）

尼古拉斯·希利亚德，伊丽莎白一世的"凤凰画像"（约 1575）（©TPG）

METOPOSCOPIE.

Such a position of the Forehead, denotes riches and wives.

These lines, denote wounds on the head to be bitten by a Dog, or other Creature, as also danger of poyson.

These lines, denote the person happy and fortunate.

This position of the lines shews a couragious bold spirit, yet unconstant and uncertain riches.

The lines of *Saturn* and *Mars* broken and discontinued in this manner, signifie hurt, and damage by falls.

He or she that hath such lines in the forehead, is mutable, unconstant, false, deceitfully treacherous, and of a vain glorious proud minde.

This

理查德·桑德斯，《面相学与手相术》（*Physiognomie and Chiromancie*, 1653），哈佛大学霍顿图书馆

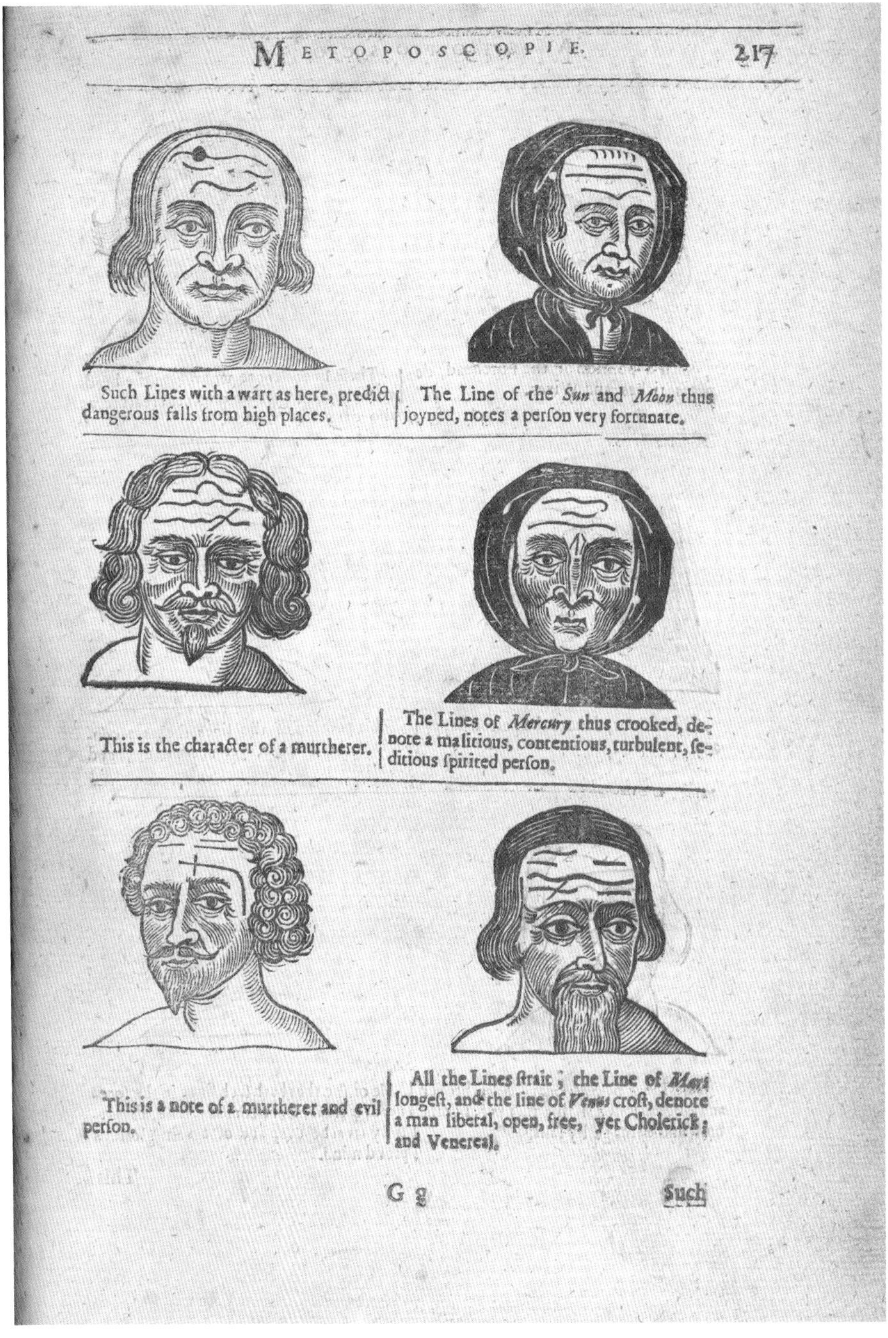

METOPOSCOPIE. 217

Such Lines with a wart as here, predict dangerous falls from high places.

The Line of the *Sun* and *Moon* thus joyned, notes a person very fortunate.

This is the character of a murtherer.

The Lines of *Mercury* thus crooked, denote a malicious, contentious, turbulent, seditious spirited person.

This is a note of a murtherer and evil person.

All the Lines strait, the Line of *Mars* longest, and the line of *Venus* cross, denote a man liberal, open, free, yet Cholerick and Venereal.

Gg   Such

理查德·桑德斯，《面相学与手相术》（*Physiognomie and Chiromancie*, 1653），哈佛大学霍顿图书馆

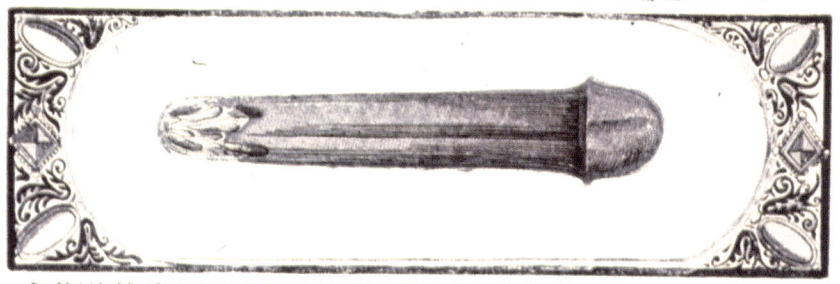

J.P. 施托特纳（J. P. Steudner）（印制），《基督的伤口与钉子》（*The Wounds of Christ, and a Nail*，约 17 世纪晚期），纽伦堡日耳曼国家博物馆

马格达伦传奇大师，《基督的五处伤口》（约 1523）

皮耶罗·德拉·弗朗切斯卡,《费德里科·达·蒙特费尔特罗》(约1465),佛罗伦萨乌菲齐美术馆(©TPG)

安东尼斯·莫尔，《女王玛丽一世》（*Queen Mary I*，1554，马德里普拉多博物馆）（©TPG）

木刻版画，"小贩"，《宗教改革之路》（*The Boursse of Reformation*, 1640）

木刻版画，"面部贴片装饰"，J. 布尔沃《人体变形》（*Anthropometamorphosis*, 约 1650）（Wellcome Collection）

Comment la vielle fist vng ptuis en la paroit de la chambre affin que le cõte de forest vist l'enseigne que la belle enrant auoit sur sa deutre mamelle.

佚名，《紫罗兰传奇》（*Roman de la Violette*，15世纪）

希罗尼穆斯·博施,《嘲弄基督》(约 1490~1500)(©TPG)

M. William Shak-speare:

HIS
True Chronicle Historie of the life and death of King LEAR and his three Daughters.

With the vnfortunate life of Edgar, sonne and heire to the Earle of Gloster, and his sullen and assumed humor of TOM of Bedlam:

As it was played before the Kings Maiestie at Whitehall vpon S. Stephans night in Christmas Hollidayes.

By his Maiesties seruants playing vsually at the Gloabe on the Bancke-side.

LONDON,
Printed for *Nathaniel Butter*, and are to be sold at his shop in *Pauls* Church-yard at the signe of the Pide Bull neere S^t. *Austins* Gate. 1608.

THE TRAGEDIE OF KING LEAR.

Actus Primus. Scœna Prima.

Enter Kent, Gloucester, and Edmond.

Kent.
I Thought the King had more affected the Duke of *Albany*, then *Cornwall*.

Glou. It did alwayes seeme so to vs : But now in the diuision of the Kingdome, it appeares not which of the Dukes hee valewes most, for qualities are so weigh'd, that curiosity in neither, can make choise of eithers moity.

Kent. Is not this your Son, my Lord?

Glou. His breeding Sir, hath bin at my charge. I haue so often blush'd to acknowledge him, that now I am braz'd too't.

Kent. I cannot conceiue you.

Glou. Sir, this yong Fellowes mother could; whereupon she grew round womb'd, and had indeede (Sir) a Sonne for her Cradle, ere she had a husband for her bed. Do you smell a fault?

Kent. I cannot wish the fault vndone, the issue of it, being so proper.

Glou. But I haue a Sonne, Sir, by order of Law, some yeere elder then this; who, yet is no deerer in my account, though this Knaue came somthing sawcily to the world before he was sent for : yet was his Mother fayre, there was good sport at his making, and the horson must be acknowledged. Doe you know this Noble Gentleman, *Edmond*?

Edm. No, my Lord.

Glou. My Lord of *Kent*: Remember him heereafter, as my Honourable Friend.

Edm. My seruices to your Lordship.

Kent. I must loue you, and sue to know you better.

Edm. Sir, I shall study deseruing.

Glou. He hath bin out nine yeares, and away he shall againe. The King is comming.

Sennet. Enter King Lear, Cornwall, Albany, Gonerill, Regan, Cordelia, and attendants.

Lear. Attend the Lords of France & Burgundy, *Gloster*.

Glou. I shall, my Lord. *Exit.*

Lear. Meane time we shal expresse our darker purpose. Giue me the Map there. Know, that we haue diuided In three our Kingdome: and 'tis our fast intent, To shake all Cares and Businesse from our Age, Conferring them on yonger strengths, while we Vnburthen'd crawle toward death. Our son of *Cornwal*, And you our no lesse louing Sonne of *Albany*, We haue this houre a constant will to publish Our daughters seuerall Dowers, that future strife May be preuented now. The Princes, *France* & *Burgundy*, Great Riuals in our yongest daughters loue, Long in our Court, haue made their amorous soiourne, And heere are to be answer'd. Tell me my daughters (Since now we will diuest vs both of Rule, Interest of Territory, Cares of State) Which of you shall we say doth loue vs most, That we, our largest bountie may extend Where Nature doth with merit challenge. *Gonerill*, Our eldest borne, speake first.

Gon. Sir, I loue you more then word can weild ye matter, Deerer then eye-sight, space, and libertie, Beyond what can be valewed, rich or rare, No lesse then life, with grace, health, beauty, honor: As much as Childe ere lou'd, or Father found. A loue that makes breath poore, and speech vnable, Beyond all manner of so much I loue you.

Cor. What shall *Cordelia* speake? Loue, and be silent.

Lear. Of all these bounds euen from this Line, to this, With shadowie Forrests, and with Champains rich'd With plenteous Riuers, and wide-skirred Meades We make thee Lady. To thine and *Albanies* issues Be this perpetuall. What sayes our second Daughter? Our deerest *Regan*, wife of *Cornwall*?

Reg. I am made of that selfe-mettle as my Sister, And prize me at her worth. In my true heart, I finde she names my very deede of loue: Onely she comes too short, that I professe My selfe an enemy to all other ioyes, Which the most precious square of sense professes, And finde I am alone felicitate In your deere Highnesse loue.

Cor. Then poore *Cordelia*, And yet not so, since I am sure my loue's More ponderous then my tongue.

Lear. To thee, and thine hereditarie euer, Remaine this ample third of our faire Kingdome, No lesse in space, validitie, and pleasure Then that conferr'd on *Gonerill*. Now our Ioy, Although our last and least; to whose yong loue, The Vines of France, and Milke of Burgundie, Striue to be interest. What can you say, to draw A third, more opilent then your Sisters? speake.

Cor. Nothing my Lord.

Lear. Nothing?

Cor.

也就是道德动机,表示敬意——

> 除了他,所有的叛徒
> 都是因为妒忌凯撒而下毒手的;
> 只有他才是激(基)于正义的思想,
> 为了人民的利益才与他们结盟。(第五幕第五场68~71行)

然后,安东尼和奥克泰维斯开始了瓜分罗马共和国的严肃工作。

勃鲁托斯的命运不是他个人的;在莎士比亚的作品里,任何具有明确道德远见的人物都没有权力欲,相反,任何具有强烈的统治他人愿望的人物都没有合乎道德的目标。这一点在莎士比亚笔下的恶棍——自大狂理查三世、杂种爱德蒙(以及可怕的高纳里尔、里根和康华尔公爵)、麦克白夫妇等——身上体现得最为明显,但它也体现在了如《亨利四世》中的博林布鲁克、《裘力斯·凯撒》中的凯歇斯、《哈姆雷特》中的福丁布拉斯和《麦克白》中的马尔康这样的人物身上。甚至是莎士比亚笔下最具魅力的英雄,获胜的亨利五世也没有实质性地改变莎剧对行使权力的伦理道德所持的主要的怀疑态度。

没有人比改过自新的浪子亨利五世更清楚地意识到,在他对权力的完全掌握中,以及他以最站不住脚的借口发动的对外战争中,存在着某种重大缺陷。在决定性的阿金库尔战役前夕,亨利五世不安地与上帝进行协商——"别在今天,神啊,/别在今天追究/父王篡位时犯下的罪孽。"(第四幕第一场 274～276 行）显然，上帝至少暂时听从了。但是，正如该剧终曲所言，国王的儿子兼继承人很快就会失去其父亲所赢得的一切。讽刺的是，这个儿子，亨利六世，实际上是莎士比亚笔下唯一一个有着高尚道德目标的统治者：作为一个笃信宗教的人，他满怀激情地致力于在他那些好战、暴力、野心勃勃的贵族间实现和平。不幸的是，这位虔诚的国王没有任何统治技巧。贵族们轻而易举地摧毁了他，并将王国拖入血腥的内战中。

《亨利五世》可能是莎士比亚最接近于将统治者的权威呈现为神的旨意的剧作。在该剧终场，胜利者亨利宣布对任何否认胜利归功于上帝的人处以死刑。但正如莎士比亚在整部作品中所做的那样，这一宣言只是强调了该剧反复阐明的观点，即权力伦理受到了严重损害。

莎士比亚的所有历史剧和悲剧都在对被恢复的秩序的肯定中告终，而这种秩序有时也被披上了道德的外衣：

> 今日国内干戈息，和平再现；
> 欢呼和平万岁，上帝赐万福！（《理查三世》第五幕第八场 40～41 行）

> 我还要参诣圣地，
> 洗去我这罪恶的手上的血迹。（《理查二世》第五幕第六场 49～50 行）

> 此外一切必要的工作，
> 我们都要按照上帝的旨意，

分别先后，逐步处理。（《麦克白》第五幕第十一场 37～39 行）

但这件外衣从设计上来说从来就不太合身。几乎每一出戏结束时王国的状态都是奥本尼公爵所说的"斫伤的国本"（《李尔王》第五幕第三场 319 行），而从伤痛中幸存下来的能力与道德价值观几乎没有关系，甚至根本没有关系。

如果你想在莎士比亚的作品中找到真正的治国之道，那么这些技巧在克劳狄斯身上体现得最为引人注目。克劳狄斯在《哈姆雷特》中篡夺了王位，杀死了兄长，也就是哈姆雷特的父亲：

> 我们的对策是这样的：我们已经修书
> 给挪威国王，年轻的福丁布拉斯的叔父，
> 他因为卧病在床，未曾与闻他侄子的企图，
> 在信里我请他注意他侄子
> 擅自在国内征募壮丁，训练士卒，
> 积极进行种种准备的事实，
> 要求他从速制止他侄子的进一步行动；
> 现在我派遣你，考尼律斯，还有你，
> 伏提曼德，替我把这封信送给挪威老王，
> 除了训令上所规定的条件以外，
> 你们不得僭用你们的权力，
> 和挪威达成逾越范围的妥协。
> 你们赶紧去吧，再见！（第一幕第二场 27～39 行）

莎士比亚冒险做这种异乎寻常的枯燥演讲，以传达权威的声音，它务实、自信、果断、细心且具有政治敏锐性。当然，这是凶手的声音，是丹麦一切腐朽事物的源头。

对莎士比亚来说，那些试图从权力中抽身的人，和那些努力行使权力的人一样有吸引力：任性的梦想家理查二世，他似乎欣然接受自己从王位上摔下来的事实；为爱而疯狂的安东尼，他宁愿拥抱克莉奥佩特拉也不愿统治世界；科利奥兰纳斯，他不能忍受政治生活的例行公事；以及年迈的李尔，他希望：

> 摆脱一切世务的牵萦，
> 把责任交卸给年轻力壮之人，
> 让自己松一松肩膀，好安安心心地等死。（第一幕第一场 37～39 行）

所有这些截然不同的角色，我们还可以加上《一报还一报》中的文森修公爵、《暴风雨》中的普洛斯彼罗，都有一个共同点，那就是渴望摆脱治理国家的负担。在每一种情况下，这种渴望都导致了灾难。

虽然莎士比亚可能被那些想要放弃权威之位的人吸引，但他同时也确信这种尝试是注定要失败的。权力存在是为了在世界上被行使。即使你闭上眼睛，想象自己逃进书房、爱人的怀抱或女儿的家里，权力也不会消失。它只会被另一个人占有，那个人可能比你更冷酷高效，而且离一个合乎道德的目标更远：如博林布鲁克、奥克泰维斯·凯撒、爱德蒙、安哲鲁、普洛斯彼罗的篡位者弟弟安东尼奥。

"因为专心研究"（《暴风雨》第一幕第二场 77 行），普洛斯彼罗丢了爵位，但甚至在流放中，他也没有逃脱他曾漠不关心的权威。相反，他发现自己和女儿流落到了一个仿佛是用于测试权威伦理的实验室的小岛上。普洛斯彼罗拥有文艺复兴时期的人所推崇的许多高贵美德，但实验的结果充其量也只是不明确：岛上的一个土著居民被解放了，却最终被迫服劳役；另一个接受了教育，却做了奴隶。

普洛斯彼罗似乎确实在道德上取得了重大突破：虽然他憎恨的兄弟和他的其他敌人处于他的绝对控制下，但他选择不对他们进行报复。然而，这个选择是在精灵爱丽儿的敦促下做出的，精灵宣布了"如果我是人类"自己会怎么做（第五幕第一场20行）。也许普洛斯彼罗做出的——出于他自己的意愿，没有爱丽儿的敦促的——更引人注目的道德选择，就是放弃他的魔力（相当于浪漫版的戒严令），夺回十二年前失去的爵位，回到他被流放出去的城市。通过这么做，他故意拾起了自己曾暂时逃脱的偶然性、风险和道德不确定性。但显然，他将爱丽儿抛在了身后。

我们能从这些故事里得出的结论并不是要愤世嫉俗地放弃在公共生活中保持体面的所有希望，而是要对任何试图制定和遵守抽象的道德法则，却不依赖于实际的社会、政治和心理环境的行为表示深深怀疑。这种怀疑论使莎士比亚与他那个时代占主导地位的伦理思想格格不入。这并不是说他要像马洛那样，逆流而上，或者对主流发起强烈抗议：他似乎只是觉得它们与他的艺术不相容。

文艺复兴时期的伦理思想，就像它们所借鉴的基督教神学思想一样，深受哲学家伯纳德·威廉姆斯（Bernard Williams）所称由柏拉图发明的"伦理化的心理学"（ethicized psychology）

的影响。威廉姆斯的力作《羞耻与必然性》(Shame and Necessity)反对的观点是,"头脑(mind)的功能,特别是有关行动的方面,是按照从伦理中获得意义的范畴来界定的"。因此,心理冲突,尤其是理性与欲望之间的冲突,被错误地理解成了不可避免的伦理冲突。威廉姆斯指出,在这个具有影响力但被误导的传统中,"理性只在它控制、支配或驾驭种种欲望时,才作为灵魂的一个独特部分运作"。[2]

在《暴风雨》一剧里,特别是普洛斯彼罗对精灵爱丽儿的道德忠告的反应中,我们可以瞥见这种伦理化的心理学。普洛斯彼罗说到他的仇敌:

> 虽然他们给我这样大的迫害,使我痛心切齿,
> 但是我宁愿压服我的愤恨
> 而听从我的更高尚的理性。 (第五幕第一场 25~27 行)

但这部剧以及它所属的伟大剧作集,反对伦理化思想的基本结构,也反对寻求一种本质上公正的责任观念。普洛斯彼罗的性格太复杂,他和爱丽儿、凯列班及其他人物的关系又过于紧张,因而这些关系无法很好地表现道德动机和非道德动机之间的稳定区别。

如果莎士比亚明显发现这种区别是不稳定的,那么他质疑的就是威廉姆斯所认为的这种区别的根本基础:"一种独特的、错误的道德生活图景,这种图景认为真正的道德自我是没有个性的。"[3] 对莎士比亚来说,不存在没有个性的自我。他的疑虑植根于他自己的实践;也就是说,这与他作为剧作家的权

力是分不开的。对莎士比亚来说,把道德自我看作没有个性的概念,与其说是哲学上的错误,不如说是对他毕生事业的全盘推翻或否定。

莎士比亚笔下的人物有着丰富而引人注目的道德生活,但这种道德生活不是自主的。在各个情景中,它都与角色所参与的特定而独特的群体紧密相连。在《裘力斯·凯撒》中,勃鲁托斯认为他的行为符合道德原则,不受同辈压力的影响,但观众不这么认为。凯歇斯自言自语道:

好吧,勃鲁托斯,你是个仁人义士,
可是我知道,你高贵的天性
却可以被人诱入歧途。(第一幕第二场 302~304 行)

正因为勃鲁托斯未能意识到他在多大程度上被"诱入歧途"了,即他拒绝铭记社会对他的影响,并对绝对道德自主抱有幻想,所以他注定要走向毁灭。

我相信,有人可能会说,莎士比亚的悲剧图景是他那个时代政治缺陷的结果。民主体制概念的缺失,专制的世袭君主的统治,几乎没有留下任何空间来为世俗的野心制定道德目标。然而,莎士比亚自身的怀疑态度似乎延伸到了大众身上,这在《裘力斯·凯撒》和《科利奥兰纳斯》中得到了讽刺性的处理。也就是说,当他试图想象竞选活动、投票和代表权时,他会构想出这样的情景:被富有的、居心叵测且愤世嫉俗的政客操纵的人们,一再在诱导下做出违背自己利益的事来。

在莎士比亚的戏剧中,统治是那些为统治而生的人的命运;但也是那些出于绝望、被迫如此行事之人的命运,如

《理查三世》中的里士满、《李尔王》中的爱德伽,或者《麦克白》中的马尔康,面对可怕的邪恶力量,他们别无选择,只能采取行动。还有数量相对较少的一部分人,他们通常出生在权力附近,但不是权力的直接继承者,他们积极寻求机会抓住权力的缰绳,其中一些人足够冷酷无情,或者足够幸运,获得了成功,但莎士比亚不可避免地将他们描绘成最终被他们所背负的重担压垮的人。也许这对他来说,是一种形式特殊的慰藉或希望。

按照莎士比亚的想象,治理是一个巨大的负担,其最大的象征是困扰着能干、坚强的篡位者博林布鲁克(亨利四世)的失眠症。现在有很多书声称是从莎士比亚的作品中得出治理的原则的,但失眠——折磨人的持续性失眠——确实是莎士比亚一贯会描绘的治理原则之一。

还有一个关键原则,可以让我们回到比尔·克林顿关于麦克白的言论。麦克白梦想杀死他的贵宾邓肯王,篡夺权力。他希望暗杀行动迅速、果断、一劳永逸地解决问题。最终这个任务完成了。他想的是:"要是干了以后就完了,那么还是快一点干。"(第一幕第七场1~2行)他说,这种诱惑足够强大,能让他忽略来世神圣审判的威胁,但在决定性的一刻,他仍然有所畏惧:

> 我们往往逃不过现世的裁判,
> 我们树立下血的榜样,教会别人杀人,
> 结果反而自己为人所杀。(第一幕第七场8~10行)

我认为,这就是莎士比亚对治理的核心看法,且它取代了任何更高尚的道德目标。当权者的行为会产生长期的、不可避免的、无法控制的后果。"我们往往逃不过现世的裁判。"你的行为不是将在某个想象的世界里受到裁判,而是会在现世受到裁判。裁判实际上就是惩罚:无论你做什么暴力或不诚实的事情,都会给别人一个教训,他们会因此重新审视你。莎士比亚认为一个人的善行不一定会得到回报,甚至认为通常不会得到回报,但他似乎相信,一个人的恶行必然会有报应,会让其加倍偿还。

甚至在有女巫和被谋杀者的鬼魂出没的《麦克白》中,这种因果关系也并不意味着超自然的必然性。在这个世界或历史之外,没有任何地方可以让莎士比亚笔下的人物去检验他们的行为,或者为他们的野心找到一个抽象的、合乎道德的目标。甚至国家的生存也无法构成这样一个目标。最后一个惊人的例子将证明这一点。李尔退位后,康华尔公爵是半个王国合法的、被正式认可的统治者,但针对他的刺杀行动在舞台上上演,且显然是正当的。袭击来得很突然,而且没有任何预兆,当时他正在实施治国之道:确切地说,他正试图以任何必要的手段从葛罗斯特伯爵那里获取对国家安全至关重要的信息——法国军队入侵王国的信息。

观众已经了解康华尔还不完全知道的东西:入侵已经发生。在前几场中,被放逐的肯特伯爵乔装打扮,对一位绅士推心置腹起来。他低声说:

> 现有股力量正从法国
> 进入这个分裂的王国,乘我们疏忽无备,
> 明智地在我们几处最好的港口

> 秘密登陆,不久就要揭开
>
> 他们鲜明的旗帜。[《李尔王史传》(History of King Lear)第八场 21~25 行]⁴

肯特与这股力量结盟,他给了这位绅士一件信物,并指示绅士赶快去多佛,在那里向"会感谢你的人"报告(《李尔王史传》第八场 28 行)。

肯特不是唯一一个与入侵者合作的高层人士。葛罗斯特伯爵也收到了信。伯爵告诉他儿子爱德蒙,"已经有支军队在路上了"(第三幕第三场 11 行),且他打算帮助他们推翻康华尔的统治。然而,爱德蒙有自己的计划。他向康华尔提供了他父亲叛国阴谋的书面证据:"这就是父亲说起的那封信,它可以证实他私通法国的罪状。"(第三幕第五场 8~9 行)爱德蒙当然是个卑鄙的人,但此信是真实的。

当得知这些信息时,康华尔和他妻子里根正在葛罗斯特城堡做客。通常情况下,他们的行为会受到严格约束,但事情的紧急状态中止了所有的平常关系,并为道德和伦理越轨创造了条件。康华尔需要尽快知道葛罗斯特了解的有关外国入侵的一切内容,以及他为什么要让那个疯狂的老国王去多佛。"去搜寻那反贼葛罗斯特,"他命令手下,"像偷儿一样把他绑来见我。"(第三幕第七场 22~23 行)葛罗斯特被正式逮捕并绑在一张椅子上。接下来便是紧张的审讯场景,它真实地展现了葛罗斯特虚张声势、回避问题和陷入绝望的紧张情景,令人不寒而栗:

> 康华尔:说,你最近从法国得到了什么书信?
>
> 里根:老实说出来,我们已经什么都知道了。

康华尔：你跟那些最近踏到我们国境来的叛徒有些什么来往？

里根：你把那发疯的老王送到什么人手里去了？说。

葛罗斯特：我只收到过一封信，里面都不过是些猜测之谈，寄信的人是一个没有偏见的人，并不是一个敌人。

康华尔：好狡猾的推托！

里根：一派鬼话！

康华尔：你把国王送到什么地方去了？

葛罗斯特：送到多佛。

里根：为什么送到多佛？我们不是早就警告你——

康华尔：为什么送到多佛？让他回答这个问题。

葛罗斯特：罢了，我现在身陷虎穴，只好拼着这条老命了。

里根：为什么送到多佛？（《李尔王》第三幕第七场42~56行）

这场精彩的交锋几乎总是被排除在对这一场景的批评性评述之外，因为紧接着就出现了如下景象：葛罗斯特被恶魔般的审问者挖出了眼睛。

莎士比亚的观众对卖国贼遭受的酷刑远没有我们，或者说远没有我们美国人在近期之前表现出的那么敏感。为了获取信息以保护国家，对于镣铐、肢刑架、拇指夹和被称为"清道夫的女儿"（Scavenger's Daughter）的恐怖刑具的使用是为公众所知和普遍接受的。英国的普通法禁止使用酷刑，但伊丽莎白女王和詹姆士国王在枢密院授权下，均使用过执行酷刑的皇家特权。[5]受害者大多是天主教徒，如耶稣会士（Jesuit）、顽固的不服从者和谋反者。1597年对耶稣会牧师约翰·杰拉德（John Gerard）的逮捕令解释说，该犯"最近确实收到了一包本应来自西班牙而实际来自低地国家的信件"，因而伦敦塔的审查员有权审问他。"如果你发现他顽梗，不顺服，或不愿按他应尽的职责和应有的忠诚宣布和揭露真相，那么你要依法把他关在牢里，并在那里使用各种酷刑，他可能被迫直接而真实地说出全部情况，这些情况可能与女王陛下和国家有关，我们务必要知道。"⁶《李尔王》的观众没有机会亲眼看到这样的逮捕令，但在现实中，他们通过火药阴谋者盖伊·福克斯（Guy Fawkes）①受到的骇人听闻且广为人知的对待，对政府可以执行多么可怖的酷刑有充分了解。没有人敢对此大声抗议。

1610年，在英格兰北部，有一群巡回演出的演员，他们多半出于虔诚，在天主教夫妇约翰（John）爵士和朱莉安·约克（Julyan Yorke）夫人的庄园里演出了《李尔王》。剧团和它的东道主都因不服从星室法庭（Star Chamber）②而受到谴责。在莎士比亚生前，有人相信，虽然《李尔王》的背景被设定在前基督教时代的英国，但这部剧在某种程度上表达了对受迫害的天主教徒的同情。这种联系对现代读者来说并不明显，但在葛罗斯特的致盲情景中，我们或许能清楚地感受到这种联系。因为在《李尔王》中，莎士比亚设法以一种完全可被辨认出来的方式来表现真实存在的酷刑，即对一个被发现与外国势力勾结以推翻现有政权的人进行严厉拷问；同时也将这

---

① 1605年，天主教徒福克斯伙同他人因不满詹姆士一世的统治，预谋将炸药运进议会大厦炸死国王，后阴谋败露而被处以极刑。
② 15~17世纪英国最高司法机构。于1487年由英王亨利七世创设，因该法庭设立在威斯敏斯特王宫里一座屋顶饰有星形图案的大厅中而得名。

种酷刑描绘得完全无法被接受。

莎士比亚打破了披着道德权威外衣的君主及枢密院议员，与执行他们命令的邪恶下属间的安全距离。《李尔王》中的酷刑是由统治者康华尔和里根直接指挥的，他们被描绘成爬行类怪兽。而且，莎士比亚巧妙地将刑讯逼供与信息搜集分离开来，从而破坏了任何简单的工具理性（instrumental rational）。康华尔甚至在抓到那个出身高贵的叛徒之前，就宣布了要伤害他的意图，表明这一意图与审讯结果无关：

> 虽然在正式的审判手续之前，
> 我们不能把他判处死刑，
> 可是为了发泄我们的愤怒，
> 却只好不顾人们的指摘，
> 凭着我们的权力独断独行了。（第三幕第七场 24～27 行）

这一声明既可怕又熟悉的地方在于，它令人作呕地混杂了法律术语、虐待狂的言论和公关用语，就好像康华尔已经考虑好，在对待囚犯的方式的问题上，他将如何为他的那部分不合乎法律的、令人遗憾的过激举措开脱。[7]

对于挖出葛罗斯特伯爵的眼睛这一举动，似乎连詹姆士一世时期的那些已经麻木的观众也感到惊骇，而剧中的语言巧妙地为这一幕做了准备，从而加剧了剧中的恐怖气氛。这种模式在葛罗斯特对重复问题的回答中达到顶峰。"为什么送到多佛？""因为我不愿意看见你残暴的指爪／挖出他的可怜的老眼。"（第三幕第七场 56～58 行）康华尔的回应——"你再也见不到那样一天"（第三幕第七场68行），说着便挖出了囚犯的第一只眼睛——引发的反应，对当代观众来说，可能比酷刑本身更令人震惊。一个不知名的仆人（仆甲）走上前来，让主人停止他正在做的事情：

> 住手，殿下，
> 我从小为您效劳；
> 但只有现在我叫您住手
> 才是我最好的效劳。（第三幕第七场73～76行）

里根的叫喊（"怎么，你这狗东西！"）和康华尔的恼怒（"混账奴才！"）都反映出他们对突如其来的干预感到惊讶：仆甲不是葛罗斯特的仆人（他们毕竟在葛罗斯特城堡做客），而是他们自己的一个仆人（第三幕第七场77、81行）。在随后的混战中，里根抓起一把剑，刺向仆人的后背——"一个奴才也会撒野到这等地步"（第三幕第七场83行）；但在此之前，该仆人已经重创了公爵。观众显然受到鼓励，赞同这一激进的行为：暴虐的公爵为一个维护人类尊严的仆人所杀。

尽管仆人的行为带来了严重的政治后果，但那并非出于对主人效忠，也谈不上出于个人野心。他有合乎道德的目的，即他想不惜一切代价阻止公爵做一件不值得做的事，以此方式来侍奉他的主人。他不寻求自己的权力，也没有任何迹象表明他支持法国入侵者。仆人临死前对葛罗斯特说："大人，您还剩着一只眼睛，/看见他受到一些报应。"（第三幕第七场84～85行）这表明在生命的最后时刻，仆人的效忠对象已经从康华尔本人转向了康华尔的受害者，但这种安慰只是导致了进一步的灾难。"看他再瞧见一些什么报应！"受了重伤的康华尔怒不可遏，转身面对葛罗斯特，"出来，可恶的浆块！"（第三幕第七场86行）

第一对开本版的《李尔王》剧本中，这一场结束时，里根用近乎荒诞的语言把失明的伯爵赶出了自己的房子["把他推出门外，/让他一路摸索到多佛去"（第三幕第七场96~97行）]；同时，流血不止的康华尔在处理仆人的尸体["把这奴才丢在粪堆里"（第三幕第七场100~101行）]。而在四开本中，还出现了另外两个无名仆人之间的简短对话。如同那个被杀害的同伴，他们也没有宏大的政治抱负或野心，但都表达了对权威的基本合乎道德的态度，其中一个仆人针对康华尔的行为说："要是这家伙有好下场，我什么坏事都可以去做了。"（《李尔王史传》第十四场96~97行）

统治者就这样成了一个样本或案例：如果这种行为不受惩罚，那么，套用陀思妥耶夫斯基的话说，一切都会被允许的。另一个仆人考虑的不是这个丈夫，而是那个做妻子的：

要是她会寿终正寝，
所有的女人都要变成恶鬼了。（《李尔王史传》第十四场97~99行）

此处这位统治者又成了案例：作为一个人意味着什么？

仆人们最后的话的内容从道德评估转向行动。其中一人提议找个人带瞎眼伯爵去他想去的任何地方，另一个则有更直接的考虑：

> 我还要去找些麻布和蛋白来,
> 替他贴在他流血的脸上。(《李尔王史传》第十四场 103~104 行)

在《李尔王》这个阴暗、简陋的世界里,这种简单的人的本能反应本身就有潜在的风险。鉴于康华尔和里根的冷酷和威慑力,任何对叛国者的友好姿态都可能被视为叛国。葛罗斯特也尽量避免把别人拖入危险之中:

> 去吧,好朋友,你快去吧。
> 你的安慰对我一点没有用处,
> 他们也许反而会害你的。(《李尔王》第四幕第一场 15~17 行)

但"您看不见您的路"(第四幕第一场 18 行)这个平静的回答确认了葛罗斯特的困境,以及人们帮助他的义务。

这种简化到极点的基本道德责任(把麻布和蛋白贴在他流血的脸上),呼应了其他表现团结和舒适生活的多个时刻,所有这些时刻都是相对温馨的:"来,我的孩子。你怎么啦,我的孩子?你冷吗?"(第三幕第二场 66 行);"让我搀着你"(第三幕第四场 42 行);"进去,伙计,到这茅屋里去暖一暖吧"(第三幕第四场 162 行)。这些细微的姿态是该剧道德愿景的核心。更大的道德雄心,比如那些促使考狄利娅拒绝奉承她恃强凌弱的父亲的情操,只会导致灾难性的后果。

在作为该剧高潮的风暴场景中,疯狂的李尔暴露在大自然的"暴政"面前,对权力关系有了短暂的醒悟,这种权力关系与他所代表的有所不同：

> 安享荣华的人们啊，睁开你们的眼睛来，
> 到外面来体味一下穷人所忍受的苦，
> 分一些你们享用不了的福泽给他们，
> 让上天知道你们不是全无心肝的人吧。（第三幕第四场 34~37 行）

在此处，义务的愿景是足够温和的——"分享一些福泽"（也就是说，让一些财富流向底层穷苦之人）——但剧中没有什么表明这是完全可能实现的。相反，李尔倾向于认为法官和小偷在道德上没有明显的区别。"你没看见那法官怎样痛骂那个卑贱的偷儿吗？"他对葛罗斯特说，"侧过你的耳朵来，听我告诉你，让他们两人换了地位，谁还认得出哪个是法官，哪个是偷儿？"（第四幕第六场 147~149 行）。他们唯一的区别就是对暴力的垄断。"你见过农夫的狗向一个乞丐乱吠吗？"李尔问。当你看见那家伙怎样将那条狗赶走，你就可以看到"威权的伟大的影子：一条得势的狗"（第四幕第六场 150~153 行）。当权者可能会大声宣称他们同情穷人的苦难，但不可避免的是，这些声明纯粹是虚伪的。李尔苦涩地对瞎眼的葛罗斯特说：

> 还是去装上一双玻璃眼睛，
> 像一个卑鄙的阴谋家似的
> 假装能看见你所看不见的东西。（第四幕第六场 164~166 行）

难怪这出戏的结尾是一场关于放弃的合唱。康华尔、里根、高纳里尔、爱德蒙、考狄利娅都死了，发疯的李尔心碎了，奥本尼公爵是王国唯一合法的统治者，但他并不想要这种权力：

> 当他在世的时候，
> 我仍旧把最高的权力
> 归还给他。（第五幕第三场 297~299 行）

稍后，李尔死了，奥本尼仍然想要放弃权力。他对肯特和爱德伽说：

> 两位朋友，帮我主持大政，
> 培养这已经斫伤的国本。（第五幕第三场 318~319 行）

但肯特也与统治无缘：

> 不日间我就要登程上道，
> 我已经听见主上的呼召。（第五幕第三场 320~321 行）

这出戏的最后几行是一个著名的文本难题，因为四开本把它们给了奥本尼，对开本则给了爱德伽。由于伊丽莎白和詹姆士一世时代的悲剧和历史剧的最后几句话通常是掌权者说的，因此它事关重大。但在这部剧里，没有一个幸存者想要权力，就好像对权力的任何渴望都是邪恶的，莎士比亚显然不知道要怎样才能结束这部悲剧。

起初李尔是一位国王，希望从权力中退出，并用舒适的谎言来安慰自己，他公开肯定他自己的无限重要性和价值，以及他要求他的孩子们具有的贤德。随着剧情的展开，这些谎言被无情地戳破，让专横的李尔意识到自己价值的追随者也纷纷离去。但在灾难之后，还剩下什么呢？莎士比亚的解决方案是，在一场模糊的、极不情愿的权力更替中结束这部悲剧，然后把结束语从对权威的假设，转向在巨大的压力下诚实地表达自己情感的必要性：

> 不幸的重担不能不肩负；
> 感情是我们唯一的语言。（第五幕第三场 322~323 行）

该剧开场时的那个有关绝对事物的梦想，无论它寻求的是绝对的权力还是绝对的爱，已经被摧毁了。但该剧结尾所表达的那种可怕的局限意识——不幸的重担不能不肩负——带来了一个奇怪且简单的劝导，这是莎士比亚最非凡的天赋之一，他告诉我们要说出我们自己的感受。

第五章　莎士比亚与自主性

"审美自主性"（aesthetic autonomy）这一萦绕在西奥多·阿多诺身上的小精灵，莎士比亚这位喜欢奇特的表达方式的剧作家一定没有遇见过。[1] 如果《牛津英语词典》（*OED*）可信，那么"审美"一词直到19世纪才出现在英语中，而且用法上有许多保留。不过，作为有关品位的科学或哲学术语，它最先出现在18世纪中叶鲍姆加登（Baumgarten）的《美学》（*Aesthetica*）一书中。1842年，英国建筑师约瑟夫·格威尔特（Joseph Gwilt）写道："最近，在艺术领域出现了一个以美学名义出现的愚蠢的学究式术语。"格威尔特还认为，这是"对被大量德国作家占据的艺术领域中的术语所做的形而上且无用的补充之一"。[2]

然而，莎士比亚可能已经见过"自主性"这个词了。尽管根据《牛津英语词典》记载，此词是在莎士比亚死后七年才第一次出现在印刷品中的，但事实上它在1591年出版的一本书中就已出现，此书肯定仅限于在知识分子中传播。[3] 最先定义"自主性"的那本书——亨利·柯克拉姆（Henry Cockeram）1623年出版的《英语字典，或对英语难词的解读》（*The English Dictionarie, or an Interpreter of Hard English Words*）——表明该词当时已经在使用了，尽管它是一个"严格意义上的"难词。正如柯克拉姆所说，此词意味着"按自己的法则生活的自由"。[4]

这个定义显然比现在的听起来更加自相矛盾，因为在 17 世纪早期，"自由"（liberty）这个词有一种明显的不计后果或放肆的含义。"我从来没有听说，"霍茨波议论哈尔王子在小酒馆的不光彩生活时说，"哪一个王子像他这样放荡胡闹。"①［《亨利四世》（上篇）第五幕第二场 70~71 行］雅典的泰门诅咒忘恩负义的城市，祈祷

> 让淫欲放荡
> 占领我们那些少年人的身心，
> 使他们反抗道德，
> 沉溺在狂乱之中！（第四幕第一场 25~28 行）

对于詹姆士一世统治时期的读者来说，"按自己的法则生活的自由"这一表述是个笑话，因为自由和法则永远处于交战状态。

"自由万岁！"（Viva la libertà）堂·乔瓦尼（Don Giovanni）为交战中的一方唱起激昂的圣歌。人们很容易沿着这种自由的轨道走向放荡主义（libertinism），即启蒙运动中出现的性爱自由，它是科学理性的阴暗面，是真善美分裂的最明显的后果。它距离自主性这一讽刺性愿景只有一小步，这种自主性开启了阿多诺的《美学理论》（*Aesthetic Theory*），起初是艺术对绝对自由的充满自豪的诉求，最终却在艺术对自身起源的不断的、强迫性的否定中陷入困境，或在艺术堕落为廉价的娱乐中结束。

---

① "放荡胡闹"原文为"liberty"，下文"放荡"一词亦同。

莎士比亚的写作实际上服务于一种新的、独特的现代媒介，即商业性质的公共剧场，且这种剧场显然脱离了所有仪式功能。不仅伦敦剧场的建筑本身对城市环境来说是新的（伦敦第一家独立的公共剧场可追溯到 1567 年），而且在这些剧场里演出的剧团也得益于新教对中世纪戏剧仪式的有意扼杀——因为这些仪式与被取缔的天主教会的宗教节日有着紧密联系。

剧场，作为一个企业，是有风险的、粗俗的、不稳定的、亵渎神明的，任何参与其中的人，正如莎士比亚充分理解的那样，在社会名声和道德层面上都沾染了污点。他在第 110 首十四行诗中写道：

> 唉，的确我曾经常东奔西跑，
> 身穿斑衣供众人赏玩，
> 违背我的意志，把至宝贱卖掉。

这是一个娱乐从业者的声音，他知道人们对他的蔑视。"身穿斑衣供众人赏玩"就意味着成为一个小丑、一个叫卖小贩，一个廉价的、供人们消遣的毫无意义的废物。

任何有自尊心的人都不会想要这样的生活；它是一种类似于卖淫的命运，会因为环境因素，特别是贫困，而降临在你身上。莎士比亚在第 111 首十四行诗中恳求道：

> 哦，请为我把命运女神诟让，
> 她是唆使我造成业障的主犯，
> 因为她对我的生活别无赡养，

除了养成我粗鄙的众人米饭。

作为一个艺人，在公众面前表演是不光彩的。尤其是这种公众不是一小部分人，而是一群三教九流的不知名消费者，他们有权对你吹口哨、大笑、喊叫，因为他们买了门票：

> 因而我的名字就把烙印接受，
> 也几乎为了这缘故我的天性
> 被职业所玷污，如同染工的手。

在这位剧作家的一生中，"莎士比亚"成了我们所谓的一个品牌。它可以被用于广告宣传，让观众乐于掏钱，而且它很有市场，可以被移花接木式地安到他人的剧本上。但这种成功，如他所写，就像他的名字被打上了一个烙印。这就好像那些罪犯通常会在手臂上被打上烙印。这样他们的余生就会带着耻辱的不可磨灭的标记。

　　这确实是个不可磨灭的烙印。1602年，约克纹章官拉尔夫·布鲁克（Ralph Brooke）正式提出抗议，反对授予"演员莎士比亚"盾形纹章以及绅士称号。就定义而言，演员不是绅士，而是一个将自己的身份商品化的人。事实上，即使在莎士比亚去世七年后，他的剧作的对开本出版时，对开本的编辑们仍然把他的成就当作一种商品来展示，尽管是价格高昂的商品。除了给彭布罗克伯爵（Earl of Pembroke）和蒙哥马利伯爵（Earl of Montgomery）奉上献媚的书信，对开本的编辑，莎士比亚的朋友约翰·海明斯（John Heminges）和亨利·康德尔（Henry Condell）还写信给"各种各样的读者"，且如他们所说,这些读者"从最能干的到只会拼写的都有"。海明斯和康德尔明确表示他们要从这群"乌合之众"那里得到什么:"你要做的就是买票。"完成现金交易。只有这样,买票者才能自由地对作者做出评判——然而,他们要记住的是,他们所看的戏剧已经在公共剧场里经受了考验,且毫发无损。"所以对这些剧本你要一读再读,"编辑写道,"如果你还不喜欢它们,那你就有危险了,因为你读不懂它们。"[5]

正如海明斯和康德尔所设想的那样,理解并因此喜欢莎士比亚,与高尚的道德品质,任何可以想象到的学校课程,或者社会学家皮埃尔·布尔迪厄(Pierre Bourdieu)所称的"文化资本"毫无关系。17世纪早期的现代剧作家的白话剧没有这样的资本。1612年,托马斯·博德利(Thomas Bodley)指示牛津大学图书馆的第一个管理员,从书架上把"诸如历书、戏剧和无数日常印刷的、毫无价值的书"排除在外。他称这些书为"旅行读物"。[6]博德利显然并不孤单:尽管第一对开本印刷了750本,且在不到10年的时间里就卖光了,但一项详尽的调查发现,在所有图书馆书目或捐赠书单中只能找到一个有关第一对开本的条目。

因此莎士比亚的剧本当时被放入文学市场,并不是出于义务、责任、自我完善、学术声望或美学严肃性的考虑,而是为了娱乐。

莎士比亚显然在思考一种在社会上受人尊敬的艺术抱负的形式,这种形式不带有公共手段和公共仪式的污名。在16世纪90年代中期这个肯定非常困难的时期,当一场毒性特别强、持续时间特别长的黑死病导致当局关闭所有剧场时,莎士比亚将注意力转向了一种熟悉且传统的方式,艺术家可以通过这种方式获得经济支持，而不会招致耻辱：资助。他写了两首精彩的神话题材的诗歌，《维纳斯与阿都尼》和《鲁克丽丝受辱记》（The Rape of Lucrece）。两首诗歌都由他的朋友内森·菲尔德（Nathan Field）精心印刷，而且都被充满爱意地献给了极其富有的年轻贵族，南安普敦伯爵三世亨利·里奥谢思利（Henry Wriothesley）。

莎士比亚的策略本应大获成功——他的诗歌在牛津和剑桥的精英阶层中受到欢迎，有传言说他从年轻的伯爵那里得到了一笔惊人的赠款。但当死于黑死病的人数减少，剧场重新开放时，莎士比亚显然又回到了不光彩的戏剧行业。事实上，他可能用伯爵给他的钱购买了剧团的股份，也就是说投资了娱乐业，这个行业并不属于贵族阶层，更不用说神职人员了，它属于一个向所有人开放的通俗舞台。

莎士比亚明白，这种与大众的接触，与作为传统贵族特权，或至少是贵族幻想中的隐私，是截然相反的。但他看到戏剧演员与中央集权国家的新统治者之间出现了一种特殊的联系。那些统治者出于个人娱乐和声望的考虑，成为剧团的赞助人和保护者，但他们自身也因被吸引（或被迫）而参与戏剧性的自我展示。在《裘力斯·凯撒》中，贵族凯斯卡对凯撒受野心驱使而在大众面前装模作样表示厌恶：

> 那些乌合之众高声欢呼，拍着他们粗糙的手掌，抛掷他们汗臭的睡帽，把他们令人作呕的气息散布在空气之中，因为凯撒拒绝了王冠，结果几乎把凯撒熏死了；他一闻到这气息，便晕倒在地上。　（第一幕第二场 243~246 行）

当然，引发这场滑稽的灾难的呐喊、拍手和欢呼，正是莎士比亚和他的演员同行们擅长做的事。政治家——该词在这一时期有非常负面的含义——也可以这么做，但一个真正的贵族鄙视这种公开亮相。当克莉奥佩特拉想到自己要被带去罗马，受民众的"鼓噪怒骂"（《安东尼和克莉奥佩特拉》第五幕第二场55行）时，她心中涌起强烈的厌恶之情，她宁愿死也不愿过她知道她将面对的被囚禁的生活：

> 放肆的卫士们
> 将要追逐我们像追逐娼妓一样；
> 歌功颂德的诗人们
> 将要用荒腔走调的谣曲吟咏我们；
> 俏皮的喜剧伶人们
> 将要把我们编成即兴的戏剧，
> 扮演我们亚历山大里亚的欢宴。
> 安东尼将要以醉汉的姿态登场，
> 我将要看见一个逼尖了喉音的男童
> 穿着克莉奥佩特拉的冠服，
> 卖弄着淫妇的风情。（第五幕第二场 210~217 行）

在这里，克莉奥佩特拉想到的是她作为一个可怜的俘虏被展示和嘲笑，而在其他地方，她几乎不反对自己在公众面前的精彩表演。她可以利用这些表演来彰显自己的地位、权力和皇室血统。凯撒心怀厌恶地和他的朋友们分享有关安东尼在亚历山大里亚的戏剧性表演的消息：

> 在市场上筑起一座白银铺地的高塔,
> 上面设着两个黄金宝座,
> 克莉奥佩特拉和他两人公然升座;
> 我的义父的儿子,
> 他们为他取名为凯撒里昂,
> 还有他们两人通奸所生的儿女,
> 都列坐在他们脚下;
> 他宣布克莉奥佩特拉为埃及女皇,
> 全权统辖下叙利亚、塞浦路斯
> 和吕底亚各处领土。(第三幕第六场 3~11 行)

茂西那斯问:"这是当着公众的面举行的吗?"凯撒的回答强调了这一切的戏剧性:"就在公共聚集的场所,他们表演了这一幕把戏。"(第三幕第六场 11~12 行)

克莉奥佩特拉选择"公共场所"作为舞台,为了她最华丽的表演,即她的神化而盛装打扮:

> 那天她打扮成
> 爱昔斯女神的样子。(第三幕第六场 16~18 行)

正如莎士比亚的观众所理解的那样,这场假面舞会不是(或不只是)一场受疯狂的虚荣心驱使的表演,因为对神性的认同是宣称自己为"绝对君主"的一部分。除了在被称为假面舞会的戏剧仪式上之外,英国君主通常不装扮成神或女神,但伊丽莎白女王和詹姆士一世都披上了神圣权威的外衣,因为神有绝对的自由按照自己的法则生活。

自主性的概念显然是在这一时期出现的，且不仅仅是作为一个悖论，这很可能与詹姆士一世明确而坚定的主张有关，即他有权凌驾于王国的法律之上，同时也在法律之下进行统治。詹姆士一世在《自由君主制的真正法律》（*The True Law of Free Monarchies*）中写道，国王是"法律，而不是国王的法律的作者和制定者"。权力并非来自人民，一个真正的国王的统治在任何情况下也都是无条件的。詹姆士宣称，"权力总是来自它自己"，因为"国王凌驾于法律之上"。[7]当然，他承认，一个好的国王通常会根据法律规范他的行为，为他的臣民树立榜样，但他没有义务这样做，因为他自己根本不是臣民。

当然，国王的地位并非没有争议：霍林希德（Holinshed）在《编年史》（*Chronicles*）——莎士比亚最喜欢援引的英国史资料——中直截了当地说，国会拥有"全国最高的、绝对的权力，因为国王和有权势的王子不时地从他们的位子上被废黜"。[8]但詹姆士一世主张的王室自主早在他的前任伊丽莎白一世统治时期就已经由王室法律顾问提出来了，他们的论点建立在古老的有关王权的法律和哲学理论，即中世纪乃至古罗马的法理学的基础之上。13世纪，弗雷德里克二世的《奥古斯都法典》（*Liber Augustalis*）宣称凯撒"必然既是正义之父又是正义之子"，这是一种与法律明确相关的地位，因为罗马公民依法授予罗马元首统治权。[9]这种权力既包括有限的制定法律的权利，也包括法律豁免权，这种豁免显然对任何专制君主都有吸引力。

在所有莎剧中，人们也许会在最意想不到的地方，即喜剧中，窥见豁免权的这种魅力。[10]其中有些统治者一再发现自己因受到法律的约束而去做违背自己意愿和剥夺自己快乐的事情。比如，在《错误的喜剧》(*The Comedy of Errors*) 中，索列纳斯公爵显然有义务对叙拉古商人伊勤强制执行"庄严的法律"，即：

> 要是叙拉古人涉足以弗所的港口，
> 这个人就要被处死，
> 他的钱财货物要被全部没收，
> 悉听该地公爵处置，
> 除非他能缴纳一千马克，才能赎命。（第一幕第一场 13、18~22 行）

当他知道这个不幸的商人为什么冒险来到以弗所（寻找失踪的儿子）时，索列纳斯不愿执行这项严厉的法令，但他别无选择：

> 相信我，倘不是我们的法律不可破坏，
> 我自己的王冠、誓言和尊严不可逾越，
> 我一定会代你申辩无罪。（第一幕第一场 142~145 行）

"我的王冠、誓言和尊严"——这些词明显和君主制有关，王冠是君王主权的象征，誓言是君王加冕时的誓言，尊严则涉及王室的延续和永存。索列纳斯作为一个善良的人，同情那个被判死刑的不幸者，但是作为一个统治者，他无法让其避免死刑："我们虽然不能赦免你，却可以怜悯你。"（第一幕第一场 97 行）

当然，在《错误的喜剧》的最后，商人并没有被处死。他不仅与他在寻找的儿子团聚，而且也与他失散已久的妻子和他儿子的孪生弟弟团聚，他曾以为他们俩都已经死了。弟弟是一个富有的人，他带着满满一口袋钱走上前来，要根据法律赎回他的父亲，而这一法律条文公爵在此剧第一场时已经清楚地说明了。

这笔赎金将是一个完美的带来高潮的喜剧手法，因为观众被小心地引导着跟着钱袋走，从弟弟因欠债被捕，带着钥匙让仆人去"那铺着土耳其花毯的桌子里"取钱袋（第四幕第一场 103~104 行），到仆人把它错交给了哥哥，最后到它被归还给合法的主人。但在向观众展示了他本可以轻而易举地做到的事后，莎士比亚选择了不那样做。因此，当为死囚提出法定赎金时，公爵坚决拒绝：

> 小安提福勒斯：现在我用这钱救赎我父亲。
> 公爵：那可不必，我已经豁免了你父亲的死罪。（第五幕第一场 391~392 行）

法律就到此为止了。

莎士比亚在《仲夏夜之梦》中基本上重复了这一模式。剧中，伊吉斯对女儿赫米娅拒绝嫁给他为她挑选的丈夫感到愤怒，因而来到忒修斯公爵面前正式控诉：

> 我要求雅典自古相传的权利，
> 因为她是我的女儿，我可以随意处置她；
> 按照我们的法律，

她要是不嫁给这位绅士，
便应当立即被处死。（第一幕第一场 41~45 行）

当赫米娅要求法律做出澄清时——"我想知道，会有什么/最恶的命运临到我的头上？"（第一幕第一场 62~63 行）——她被告知，她要么面临死刑，要么在女修道院度过一生。忒修斯敦促她加以考虑：

丢开你的情思，
依从你父亲的意志，
否则雅典的法律要把你处死，
或者使你宣誓独身；
我们不能变更这条法律。　（第一幕第一场 117~121 行）

一连串疯狂的事件，如飞向月光下的树林、与仙女的邂逅、纠结与迷茫，直接源于忒修斯无法"变更"雅典这条严酷的法律。然而，这里的情节困境最终也只能通过一则命令得到解决。"够了，殿下；话已经说得够了。/我要求依法惩办他。"愤怒的父亲如此说道，他发现自己任性的女儿被同她私奔的男人抱在了怀里。但忒修斯公爵一句话就把这要求一笔勾销了："伊吉斯，你的意志只好屈服一下了。"（第四幕第一场 151~152、176 行）

莎士比亚的戏剧上演的似乎不仅是亲情的胜利（如《错误的喜剧》的结尾），以及爱情的胜利（如《仲夏夜之梦》的结尾），还是权贵对法律的胜利。但权贵的这种胜利并不是一种有原则的胜利。没有人宣称，君王的王冠、誓词和尊严已从他们所依赖的法律的束缚中被解放出来了。相反，这两部剧中的统治者似乎只是忘记了他们早先宣称自己无权改变明确而死板的法则这一点。如果这种喜剧性的释放取决于统治者的自主性，那么这显然是一种"不敢说出自己名字"的自主性。或者更确切地说，它只能在喜剧中以把恐惧无偿地转化为欢乐的腔调发出声音。

莎士比亚戏剧中的大多数国王至少表现出了受法律和习俗的约束。阴险的理查三世上演了一场精心设计的骗局，谎称"市民们"恳求他接受王位。"让他们欢庆吧，"理查三世的那个愤世嫉俗的伙伴凯茨比恳求道，"允许他们的合理请求吧。"（第三幕第七场 193 行）哈姆雷特痛苦地抱怨，克劳狄斯"突然梗在选举和我的希望之间"（第五幕第二场 66 行），但这意味着选举将凶手推上了王位。甚至连身上沾满了血迹的麦克白也被正式赋予王权，仿佛他是最守法的人，而事实上，他无情地攫取了权力。

莎士比亚戏剧中有些统治者试图表现得好像自己凌驾于法律之上，如理查三世或李尔王，但正因如此，他们立即陷入了灾难之中，恩斯特·康托洛维茨（Ernst Kantorowicz）将之称为"国王的两个身体的悲剧"。[11] 这一悲剧的神学和政治含义，被康托洛维茨和那些追随他的人深入地探讨过，但它们与美学自主性对莎士比亚来说是否有意义这个问题没有直接关系。要回答这个问题，我们需要知道：首先，莎士比亚是否将自主性视作一个独立于他笔下悲剧国王的灾难性行为的概念；其次，他是否有可能将这一概念应用于艺术作品或塑造这些作品的艺术家。

如果莎士比亚在我们已经讨论过的两部喜剧中表现出了对自主性的令人愉快的肯定,那么这种肯定的愉悦感似乎仅取决于忘记法律的约束,而不是正式否定它。剧中没有宣布特别的权利,没有明确提出主权概念。正如莎士比亚所理解的,在实际的社会实践中,无声的东西可能比有声的东西更有说服力,而事物的自然秩序——作为一种集体欲望的即兴表达——可能比官方煞费苦心地颁布和在理论上捍卫的规则更有力量。

但有证据表明,自主性这个概念让莎士比亚很感兴趣,即使这个词本身对他来说仍然是陌生的。他在戏剧中反复思考,认为至少有三种不同的方式可以让一个人按照自己的法则自由地生活。其一是身体自主的梦想,即免于肉体脆弱性这一致命弱点,或至少免于由这种弱点本能地引起的恐惧的梦想。其二是一个反复出现的梦想,那就是社会自主,即从朋友、家庭和同盟的密集网络中独立出来,因为这一网络将个人与一个井然有序的世界联系在一起。其三是精神自主的梦想,即能够生活在独立的精神世界以及自己创造的异质世界里的梦想。

这三个梦想至少在某些时候是结合起来的,如在莎士比亚对科利奥兰纳斯的描写中。科利奥兰纳斯是罗马的军事救星,后来流亡海外,成为罗马之敌伏尔斯人的首领。从表面上看,科利奥兰纳斯的身体并非刀枪不入,相反,他身上有许多战争留下的伤痕(根据他母亲的说法,其中二十七处伤痕在戏还没演到一半的时候就有了)。如果皮肤一再被锋利的长矛刺破,凡人就会受到恐惧感、疼痛、持续伤口感染的折磨,但他好像完全不受其影响。他不屑地说起他身上那些"没有痛楚的伤疤"(第二幕第二场145行),在别人眼里,他已不是个人,甚至根本不是一个生物:

> 正像水草当着一艘疾驶的帆船,
> 他的剑光挥处,人们非降即亡,
> 谁要是碰着他的锋刃,
> 再也没有活命的希望;
> 从脸上到脚上,他浑身染血,
> 他每一个行动,都伴随着绝命的哀号;
> 他一身闯进密布死亡的城里,
> 用操纵着生死的铁手染红了城门,
> 又单身突围而出,带着一队生力军,
> 像一颗彗星似的向科利奥里突击。(第二幕第二场 101~110行)

支配他人命数的法则并不支配科利奥兰纳斯。他似乎用意志将自己置于这些法则之外,就像他用意志将自己置于社会法则之外一样,而这些法则规范着从最骄傲的贵族到最卑微的工匠的所有人。古代世界的政体吸引了莎士比亚,正是它们使他能够跳出君主制度的框架进行思考,在君主制度中,所有的权力都来自(或至少据说来自)国王。罗马没有国王,科利奥兰纳斯正是因为骄傲地拒绝了参加大众的权力仪式——具体地说,就是谦卑地拉票,从而承认某种依赖关系——而被逐出罗马。

曾经把他和他的同胞联系在一起的纽带似乎已经荡然无存了。伏尔斯大将奥菲狄乌斯对他说:

> 你充耳不闻罗马人民的呼吁,
> 不让一句低声的私语进入你的耳中。(第五幕第三场 5~6行)

奥菲狄乌斯有充分的理由怀疑他以前的敌人对伏尔斯人的忠诚，但他也意识到科利奥兰纳斯对其曾经所属群体的共同要求，即"罗马人民的呼吁"充耳不闻。这个群体给科利奥兰纳斯打上了"人民和国家的敌人"的烙印，而科利奥兰纳斯本人也已经把流放变成了独立宣言："我驱逐了你们。"（第三幕第三场 122、127 行）他宣布罗马的法律不再适用于他，因为正如莎士比亚所设想的，这是走向自主的必要的第一步。科利奥兰纳斯离开时对他母亲说：

> 虽然我像一条孤独的龙一样离此而去，
> 可我要让人们谈起我的沼泽时蹙然变色。（第四幕第一场 30~32 行）

莎士比亚再次利用了虚假的结局。在这里全剧似乎就要终场，剧情却又一次踉跄着向前发展。罗马无法再容忍科利奥兰纳斯，不管他作为一部几乎不可阻挡的战争机器对这座城市有多重要，罗马还是把他赶走了。他穿过城门，进入一个想象中的神秘空间，并以一个不再符合人类形态的身份出现。他对人类社会的参与已经结束了。

这种决裂对一部悲剧来说是想象得到的结局，但当然不是莎士比亚选择的结局。因为彻底独立，即自主的理想恰恰取决于一种不断被否定的持续关系。如果这种关系完全破裂，如果人们对他再也不闻不问，如果他成了一个神话人物，那么他的命运就将是消失，而不是拥有"按自己的法则生活的自由"。

因此，既出于理论上，也出于戏剧上的必要性，这位流亡的英雄再次出现在城门口，当然，他此时不再是这座城市的保卫者，而是它的死敌，是凶残的否定的化身。因此，他对罗马人民的呼吁充耳不闻。充耳不闻意味着他仍然能听到，无论那些声音是多么微弱；关键在于他不闻的意志。这就是为什么当奥菲狄乌斯表示钦佩科利奥兰纳斯有能力不去注意那些实际上已经到达他感官的东西，即这座受惊的城市的哀号，以及它低声的恳求时，奥菲狄乌斯并非在说胡话。科利奥兰纳斯明白，与喧闹的呼吁声相比，阻止那些微小的正发出亲密诉求的声音进入耳朵要困难得多。伏尔斯人承认，科利奥兰纳斯

> 不让一句低声的私语进入耳中，
> 即使那些自信和交情浓厚、决不会遭您拒绝的朋友，
> 也不能不失望而归。（第五幕第三场 6~8 行）

"你们的城门经不起我大军的一击，/我的耳朵却不会被你们的呼吁打动。"（第五幕第二场 84~85 行）科利奥兰纳斯冷酷地对其中一个朋友这样说道。这个哭泣的老人叫米尼涅斯·阿格立巴，科利奥兰纳斯曾尊其为父。

对莎士比亚来说，科利奥兰纳斯想要进入的状态（我们现在称之为自主）只有在他将自己从城邦的法律中解放出来时才会开始；低声私语——世界塑造生命的无数秘密方式——则是更大的挑战。稍后，来了一群新的求助者，包括科利奥兰纳斯的妻子维吉利娅、年幼的儿子马歇斯，最重要的是，还有他那受人敬畏的母亲伏伦尼娅。来自妻子、儿子和母亲的亲情上的要求，是不同形式的依赖关系的体现，因此也代表了一种他坚决反对的他律（heteronomy）。在拒绝这些要求的同时，

他清楚地表明了对他,也许还有对他的创造者莎士比亚来说问题的核心是什么:

> 我决不做一头服从本能的呆鹅,
> 我要漠然无动于衷,
> 就像我是我自己的创造者,
> 不知道还有什么亲族一样。 (第五幕第三场 34~37 行)

"就像我是我自己的创造者",也就是说,对科利奥兰纳斯而言,自我创造必然是他身份的定义性特征,是他的独特性和自我价值感的核心。他拒绝承认生理和心理上的牵连,正如他拒绝屈从于针对他的令人绝望的社会、经济和政治诉求一样。只有切断他与自然的关系,把他自己从所有的亲属关系中抽离出来,他才能拥有绝对的自主性。

但当母亲突然跪在他面前时,科利奥兰纳斯崩溃了:

> 啊,母亲,母亲!
> 您这是干什么呀?(第五幕第三场 183~184 行)

这突然的水坝崩塌般的崩溃表明,"就像我是我自己的创造者"这句话中"就像"一词承载了多少分量。正如拉克坦提乌斯所说的,有一种生物"是他自己的儿子,是他自己的父亲,也是他自己的继承人",[12]那便是凤凰,但科利奥兰纳斯与其说是一只凤凰,不如说是一只小鹅。

自主性是他珍视的对于尊严和自由的幻想,但无论是就形成于他出生时的精神纽带而言,还是就给了他令人尊敬的名字的族群打造的社会纽带而言,这种自主性都是不真实的。因此,在他崩溃之前,这种自主性就是不真实的,实际上到他崩溃的那一刻,他已不是完全独立的了。当然,他不再服务于并代表他出生时从属的族群,但他代表了一个不同的族群,如他对米尼涅斯说的,"我现在替别人做着事情"(第五幕第二场78~79行)。因此,科利奥兰纳斯非常清楚,他母亲的胜利可能意味着他的死亡——

> 可是相信我,啊!相信我,
> 被您战败的您的儿子,
> 已经遭遇着严重的危险了——

111 他也明白他无法逃避自己的命运:"可是让它来吧。"(第五幕第三场188~190行)

很快,他的命运真的来临,早在他步入艰难且残酷,但又为他所珍视的成年生活之前,这种命运就已经被包裹在塑造他的人际关系的语言中了。一直策划谋杀他的奥菲狄乌斯,轻蔑地叫他"孩子"——"你这个善哭的孩子"(第五幕第六场103行)——这句话在他心里激起了一股孩子气般的暴怒,使他开始提醒伏尔斯人多年来他自己给他们带去的种种伤害和痛苦。他周围的人群愤怒了:

> 撕碎他的身体!立刻杀死他!
> 他杀了我的儿子!我的女儿!他杀死了我的族兄玛克斯!

> 他杀死了我的父亲！（第五幕第六场 121～123 行）

科利奥兰纳斯听到的最后一句话，是社会对这个想象他能按照自己的法则生活的人的明确回应："杀，杀，杀，杀，杀死他！"（第五幕第六场 130 行）

《科利奥兰纳斯》表明，尽管莎士比亚对自主性的概念着迷，但他怀疑，即使是最坚定的人，也不可能像是自己的创造者那样生活。严格来说，自主不是任何有知觉的生物可以拥有的状态。勇武者可能会自以为拥有独一无二的自由，就像国王可能会因追随者的奉承而相信自己是绝对君主一样，但事实往往并非如此。垂头丧气的理查二世对朋友们说：

> 你们一向把我认错了，
> 像你们一样，我也靠面包生活，
> 我也有欲望，也懂得悲哀，也需要朋友，既然如此，
> 你们怎么能说我是一个国王？（《理查二世》第三幕第二场 170～173 行）

同样，李尔王在悲伤中学会了"屈服"。他的地位让他产生了这样一种错觉，即世界将永远服从他的意志——"我说一声'是'，她们就应一声'是'，我说一声'不'，她们就应一声'不'！"——但一旦他的权力被无情地剥夺，暴露在外的就是一个在华服下颤抖的脆弱的凡人：

> 当雨点淋湿了我，风吹得我牙齿打颤，当雷声不肯听我的话平静下来的时候，我才发现了她们，嗅出了她们。

> 算了,她们不是心口如一的人!她们把我恭维得天花乱坠。全然是个谎,一发起烧来我就没有办法。(第四幕第六场 97~103 行)

发烧(疟疾的症状)是对自主性梦想的零度挑战,它凄凉地证明了,如李尔王对弄人所说的:"人类在草昧的时代,不过是像这样的一个寒碜的赤裸的两脚动物。"(第三幕第四场 98~100 行)

但是,如果某种形式的屈服是人类不可避免的,那么,莎士比亚可能仍然认为,对于一个虚构的作品来说,如一首诗或一出戏,充分自由是有可能实现的。他可能也想过,艺术家在创作作品的过程中,是可能拥有这种自由的。毕竟,他很好地把握住了一个特别的、人性的国王,和一尊皇家雕像——比如在威斯敏斯特教堂仍可看到的栩栩如生的亨利七世像——之间的区别。在莎士比亚的那个时代,这种区别已被完全理论化了。前者并非百毒不侵,而后者则是一个"虚构的人"(persona ficta),代表永恒的王室。与莎士比亚同时代的伟大的法学家爱德华·科克爵士(Sir Edward Coke)就注意到,作为凡人的国王是神造的,而不朽的国王是人造的。[13]

莎士比亚写给年轻男子,许诺他象征性的永生的十四行诗,正是在这个传统的区别上做出的预言。不过,莎士比亚通过强化矛盾做出了具有自己特色的区分:

> 既然铜、石、或大地,或无边的海,
> 没有不屈服于那阴惨的无常,
> 美,她的活力比一朵花还娇嫩,

怎能和他那肃杀的严威抵抗？（十四行诗第65首）

诗中，不仅血肉之躯会受到时间的摧残，黄铜和石头这些用来制作肖像的材料也会受到摧残，因为时间是一股压迫性的、不可阻挡的军事力量。正如这首诗的最后两行所言，没有什么东西，也没有什么人能逃脱大地和海洋本身所受的束缚：

> 哦，没有谁，除非这奇迹有力量：
> 我的爱在翰墨里永久放光芒。

这里的奇迹——一个被谨慎地怀疑和回避的奇迹——将是审美自主的奇迹，即审美对象不受支配所有其他物质对象的法则的限制。

诗中所讨论的审美对象本身就是一个物质对象：它由黑墨水打造而成。因此，奇迹具有特殊的力量，因为在所有物质中，黑墨水最不可能传递出灿烂的美丽。莎士比亚反复"玩弄"这个悖论，它的力量取决于阿多诺所谓的"否定性"（negativity）：

> 他的丰韵将在这些诗里现形，
> 墨迹长在，而他也将万古长青。（十四行诗第63首）

莎士比亚的诗歌作为艺术作品，之所以享有不朽的特殊地位，不是因为其对现实的模仿的相似性，而是因为其否定性。

正如我们所看到的，莎士比亚的否定超越了对黑墨水——它被神奇般地豁免于其他一切事物难以逃避的腐朽过程——的文字游戏，延伸到对美的标准的深刻批判和对仇恨限度的探索。但也许，从审美自主性的角度来看，真正重要的不是否定的对象，而是针对奇迹本身的梦想。莎士比亚不需要借助18世纪围绕美学展开的整个哲学体系来构想这种主张，即文学艺术家拥有按照自己的法则生活的自由，而且其艺术创造是极其自由和不受约束的。他也不需要凭直觉来感知这个主张。他可以同时代的克里斯托弗·马洛为例，马洛在写作时仿佛他那绝对游戏的意志没有受到任何约束。[14]他还熟知一系列有关艺术自由的论述，其概念源于柏拉图和亚里士多德，并得到了文艺复兴时期的一些文学理论家的肯定，它们于16世纪80年代初在菲利普·锡德尼爵士（Sir Philip Sidney）的《为诗辩护》（Apology for Poetry）一书中得到有力表达。

锡德尼承认，人类艺术总体上不能孤立存在。"凡传递给人类的艺术作品，无不以大自然的杰作为其主要对象，"锡德尼写道，"没有它们，艺术就不可能存在，而艺术又如此依赖于它们，可以说，艺术是自然想要阐述的一切的演员和演奏者。"[15]对贵族锡德尼来说，做个演员或演奏者是站在自主的对立面，是对他人命令的绝对依赖的缩影。他接着说，这种依赖关系对于天文学家、几何学家、算术家、音乐家、自然哲学家和道德哲学家、律师、语法学家、修辞学家和逻辑学家、医生和形而上学家来说是不可避免的以及必然的。锡德尼谨慎地把一种职业从这个必须遵守更高权威者制定的规则的名单中划去：（他写道）受人尊敬的"牧师"和其他神职人员"被排除在外"。[16]但当然，神职人员比任何人都更受绝对权威——不是自然的权威，而是自然创造者的权威——的支配。这种服从原则只有一个真正的例外：

> 只有诗人,不屑于被束缚在任何这样的臣服状态之中,被他们自己的创造的活力鼓舞,事实上在创造事物的过程中发展出了另一种自然,这些事物要么比自然创造出的事物更好,要么是全新的,自然界从未有过的,如英雄、神子、独眼巨人、喷火女怪、复仇女神等;因此,诗人与大自然携手而行,不受大自然恩赐的限制,而只是在他们自己的智慧范围内自由地遨游。

115

在艺术家中,诗人是独一无二的,他们拒绝依赖自然,并认为这种依赖关系是臣服的一种形式。

锡德尼从痛苦的经历中知道,成为一个有权有势的女王的臣民是什么滋味,因此抗拒臣服是他一生创作中反复出现的主题,他的优秀作品《爱星者与星》(Astrophil and Stella)和《阿卡迪亚》(Arcadia)是对边界和约束的复杂思考。在《为诗辩护》中,他表现出贵族的蔑视,并奋起反抗束缚。他表达的不完全是彻底的反叛,但也不仅仅是摆脱不受欢迎的束缚。因为一旦与自然的联系被打破,正如他所说的在最伟大的诗中会发生的,一切就皆有可能。代际间的生物学定律——其包含的精神层面的力量压倒了母亲面前的科利奥兰纳斯——被推翻了,因此才会出现客迈拉(Chimera)这一喷火母兽,它有狮子的头、山羊的身体和蛇的尾巴。

某些诗人——锡德尼的例证包括卢克莱修和写《农事诗》(Georgics)的维吉尔——接受自然法则和这些法则带来的局限性。"我们不应该,"卢克莱修写道,"把各种各样的原子以各种各样的方式组合在一起;否则你就会看到到处都有惊人的东西被创造出来;世上就会出现怪物和半人半兽;高大的树枝会从活物的躯体上长出来；陆地动物和海洋生物的四肢会被连在一起；喷火母兽从地狱般的喉咙里喷出火焰，并在这个万物生长的地球上得到大自然的滋养。"[17] 当然，如卢克莱修所知，说这些事情不该被想象，同时也是在想象它们，但关键是要明白，"这些事情不会发生"。然而对锡德尼来说，这种屈从于自然法则的顺从态度，使人怀疑像卢克莱修这样的作家，其作品"被包裹在既定主题的范围内，不走自己独特的道路"，因此这些人甚至不应该被称为诗人。"关于他们是不是真正的诗人的问题，让语法学家去争论吧。"他轻蔑地说，接着把注意力转向了那些他称之为"真正的诗人"（right poets）。两者间的区别，他解释说，

> 就像比较次等的画家，他们只仿造摆在面前的面孔，而比较优秀的画家，他们没有法则，只有智慧，他们把最适合眼睛看的颜色涂在作品上。[18]

"没有法则，只有智慧"意味着，缺乏独立性的艺术家只不过是骗子，他们被世界束缚，而"比较优秀的画家"和比较优秀的诗人一样，是自主的。

锡德尼的肖像是委罗内塞（Veronese）画的。锡德尼认为即使最优秀的画家也在实践他所谓的"模仿"，即模拟性再现（mimetic representation）。但在他看来，最好的艺术家"不去模仿现在、过去或将来存在的事物，而是会把创作对象的范围扩大到对可能发生和应该发生的事情的神圣考虑中去，能束缚他的只有他的学识和判断力"。对一个肖像画家来说，"不去模仿"是很难被准确理解的；也许在这种情况下，这句话只

表明锡德尼——根据本·琼生的说法,他的脸上"长满了痘痘"——所喜欢的那种理想化的相似性。他自己举的例子不是一幅肖像,而是一幅绘有垂死的卢克莱修的画,"他(艺术家)画的不是素未谋面的卢克莱修,而是一种美德的外在美"。

锡德尼对美德的坚持是他理解诗人之自由的关键。从自然中解脱出来,就能获得一种道德上的明确性,这种明确性在实际环境中往往是模糊的,就像面孔的具体特征可能模糊内在的美德一样。确实,锡德尼写道,诗歌能创造出超越自然界中任何事物的理想意象,这一事实为人类的堕落境况提供了证据,"因为我们拥有的智慧使我们知道什么是完美,然而我们受到污染的意志使我们无法接触到它"。[19]因此,诗歌的自主性意味着诗歌进行抽象提取和理想化呈现的能力,它延续着人类回归天堂般的整体的梦想。只有把世界抛在身后,只有在他自己的智慧领域中自由地驰骋,诗人才能引导自己和读者都走向救赎。

莎士比亚知道这段不寻常的文字,或至少其中包含的观点。这可以通过他的作品中明显回应了前述观点的内容体现出来,最明显的是《仲夏夜之梦》中的几句话:

> 诗人的眼睛在神奇的狂放的一转中,
> 便能从天上看到地下,从地下看到天上,
> 想象会把不知名的事物,
> 用一种形式呈现出来,
> 诗人的笔再使它们具有如实的形象,
> 空虚的无物也会有了居处和名字。(第五幕第一场 12~17行)

这些富有启示性的诗句暗示了一些关键的观点，这些观点将在美学自主性的范畴下被探索：艺术作品拥有自己的生命，独立于事物的自然规律之外；艺术家受一种形式独特的感知的引导；审美体验脱离日常的实际事务和功利考量；艺术家创造的对象不能用科学或哲学的术语来认识或判断；艺术是一个完全自由的领域。

这种自由，在莎士比亚的想象中，亦如锡德尼所说，与逃避再现真实的现实世界的义务有关，与逃避自然有关。对锡德尼来说，正如我们所看到的，这也是一种逃避把自己想象成演员或演奏者的方式。但对莎士比亚来说，他既是剧作家又是演员，因此不存在救赎的希望，不存在崇高的道德理想，也不存在驱使锡德尼表述这些观点的、不那么隐蔽的政治目的，更不存在锡德尼的贵族自豪感。[20] 相反，我引用的这些话是忒修斯公爵演讲中的一部分，在演讲中，公爵听到恋人讲述了他们在雅典树林里疯狂的夜晚，于是表达了自己的怀疑。"疯子、情欲和诗人，"他不无轻蔑地说，"都是幻想的产儿。"（第五幕第一场7~8行）也就是说，他们因"纷乱的思想"和"成形的幻觉"而被联系在一起（第五幕第一场4~5行）。他们都不能感知外面的世界：

> 疯子眼中所见的鬼魂，多于广大的地狱所能容纳；
> 情人同样疯狂，能从埃及人的黑脸上
> 看见海伦的美貌。（第五幕第一场9~11行）

在想象力的影响下，疯子看见的世界比现实中的更黑暗，而情人看不到眼前的黑暗。在这群人当中，诗人表现未知事物形式的能力，并不是已有智慧的标志，而是精神错乱的标志，代表

了一种扭曲现实的倾向,这一倾向可能朝着非理性渴望的方向,也可能朝着非理性恐惧的方向:

> 强烈的想象往往具有这种本领,
> 只要一领略到一些快乐,
> 就会相信快乐的背后有一个赐予者;
> 夜间一转到恐惧的念头,
> 一株灌木便立马会变成一头熊!(第五幕第一场 18~22 行)

当然可以说,忒修斯公爵才是被迷惑的人。他对自己对于日常现实的把握太过自信,无法理解恋人们所描述的事情,他们受仙女的诡计驱使而进行的疯狂的、混乱的游荡,正是该剧所描述的真实事件。现实远比那些声称能清楚明白地看到一切的人所能想象的更像一场梦。因此,凭借其混乱的记忆,可笑的波顿比头脑清醒的忒修斯公爵更接近真相:

> 咱看见了一个奇怪得了不得的幻象,咱做了一个梦。没有人说得出那是怎样的一个梦;要是谁想把这个梦解释一下,那他一定是头驴子。咱好像是——没有人说得出那是什么东西;咱好像是——咱好像有——但要是谁敢说出来咱好像有什么东西,那他一定是个蠢材。咱们那个梦啊,人们的眼睛从来没有听到过,人们的耳朵从来没有看见过,人们的手也尝不出来是什么味道,人们的舌头也想不出来是什么道理,人们的心也说不出来究竟那是怎样一个梦。(第四幕第一场 199~207 行)

这种无法描述、无法解释的幻象是莎士比亚戏剧作品中最接近审美自主性观念的表述，是对《哥林多前书》的一种戏仿，它从一头精力旺盛、有思想的蠢驴的口中被说出，而这头蠢驴想要扮好每一个角色。波顿认为，这是一个适合在公共场合向统治者展示的想法："咱要是叫彼得·昆斯给咱写一首歌儿咏一下这个梦，题目就叫作'波顿的梦'，因为这个梦可没有个底儿；咱要在演完戏之后当着公爵大人的面前唱这个歌。"（第四幕第一场 107~110 行）

实际上，在那些龙套人物为公爵表演的滑稽剧结束时，我们并没有听到波顿做了什么梦。波顿提出要表演收场诗，也许他希望唱一曲民谣，但被公爵拒绝了："收场诗免了吧。因为你们的戏剧无须再请求人家原谅。"（第五幕第一场 340~341 行）但《仲夏夜之梦》有一个辩解性的尾声，该尾声的形式，正是公爵先前拒绝的那种收场诗。迫克走向舞台，向众人揭露这整部剧其实就是一个深不见底的梦：

> 要是我们这辈影子
> 有拂了诸位的尊意，
> 就请你们这样思量，
> 一切便可得到补偿；
> 这种种幻景的显现，
> 不过是梦中的妄念，
> 这一段无聊的情节，
> 真同诞梦一样无力。（收场诗 1~8 行）

120　如果说这是此剧对审美自主性的总结，那么锡德尼对被解放的想象力的得意愿景便由此破灭了,这种想象力变成了一种更质朴、更现实的东西。艺术作品遵循自己的法则,就像梦遵循自己的法则一样。

关键的一点是,没有理由因此感觉到冒犯,也就是说,没有理由对此太过在意。演员和剧作家都知道他们的艺术其实是脆弱的。他们理解莎士比亚在第66首十四行诗中抱怨的"艺术被官府统治得结舌箝口"。[21]艺术家的自由取决于一种社会共识,一种精英阶层("绅士们")允许艺术存在,且是在不受压制、不受干涉的情况下存在的意愿。当然,这种社会共识很容易带来与审美自主相反的状态,即艺术家可能会被迫正式承认他们直接依赖于社会权贵。艺术家的自由,就其本身而言,完全在于一种主动地服从,因为只有服从,无论是服从艺术惯例还是社会规范,艺术家才能发出他们的声音。而这个声音因此含蓄而又明确地宣布,它决心永远不愿冒犯别人。

这种决心是浮躁的工匠在短戏"皮拉摩斯和提斯柏"(Pyramus and Thisbe)的开场就试图阐明的:

> 要是咱们,得罪了请原谅。
> 咱们本来是,一片的好意,
> 想要显一显。薄薄的伎俩,
> 那才是咱们原来的本意。　(第五幕第一场 108~111 行)

但昆斯把这几行诗念得支离破碎,这使他的尝试完全失败了,不过也许所有这类尝试都注定要失败。《仲夏夜之梦》实际上对这几行诗提出了不同的理解：同梦一样，艺术和现实没有什么关系。它有按照自己的法则存在的自由，但那只是因为它不受任何实际意义的约束。声称自己没有意义、没有结果、无实用性——"不过是梦中的妄念"，这一声明是一块明显没有实体的岩石，而美学自主性——如果莎士比亚愿意的话，他可能早已提出了这一概念——就建立在这块岩石之上。[22]

莎士比亚从来没有低估我所说的"社会共识"的重要性，这是一种让演员免受部分干扰的共识。他一生中没有受过牢狱之苦。他几部剧的剧名——《无事生非》（*Much Ado about Nothing*）、《皆大欢喜》（*As You Like It*）、《第十二夜》（*Twelfth Night, or What You Will*）——似乎强化了迫克提出的"艺术无关紧要"的温和主张。本·琼生声称自己的戏剧发挥了重要的调节功能，但莎士比亚暗示自己的艺术没有任何实用价值。它的作用仅仅是给人以愉悦，或者更确切地说，用迫克的收场诗中的隐喻意象来表述，它作为观众的梦的工作（dream-work）而存在。如果我们注意到人类实际上需要快乐，社会中的梦的工作是至关重要的，我们就可以得出结论：莎士比亚在《仲夏夜之梦》中的制胜法宝，正是让他的观众忘记他们是在参与一项实际活动。他的戏剧是有力量的，且至少在一定程度上避免了被干预，正是因为观众认为它们是非功能性的、无用的，因此是不实际的。

然而令人吃惊的是，莎士比亚从来没有真正回到他在《仲夏夜之梦》的收场诗中提出的主张。在他最后的剧作《暴风雨》中，他又一次用收场诗请求观众原谅，但他笔下的角色普洛斯彼罗说出了意义完全不同的话：

你们有罪过希望别人不再追究,

愿你们也格外宽大,给我以自由!(收场诗 19~20 行)

在此,和之前一样,收场诗是用来打破舞台上的世界和舞台下的世界、表演者和观众之间的障碍的。[23]但是当迫克把戏剧的局限性和观众做过的噩梦进行比较,以此来为该剧开脱时,普洛斯彼罗却提醒观众他们也可能犯下过罪行。艺术之所以要求独立,或者至少寻求保护,其根本原因并非它如梦一般毫无意义,而是恰恰相反:它的一个奇特的主张,即认为艺术中的弱点、缺点和罪过都是和那些对这一艺术作品进行审判的人秘密分享的,因此他们也同样需要被宽恕。

我们要如何解释这两种主张之间的距离呢?我认为,答案在于莎士比亚对他在锡德尼之后提出的自主性主张越来越持怀疑态度,或者更确切地说,他逐渐意识到这种主张代价太高。这种代价的程度或许可以通过如下事实来衡量:"按自己的法则生活的自由"这一表述,最适合被用作莎士比亚想象中那些最令人不安的恶棍的座右铭。那些恶棍,如理查三世、爱德蒙、伊阿古,都渴望放纵自己,都对埃德蒙所说的"习俗的排挤"和"世人的歧视"充满不耐烦之感甚至杀意。他们同样相信,在他们的世界里,每个人都是为自己的利益而存在的。《李尔王》中令人讨厌的奥斯华德在遇到惨遭挖眼的葛罗斯特时表达了这一信念。葛罗斯特被宣布为叛徒,他的头颅能换来赏金:

明令缉拿的要犯!好极了,

> 居然碰在我的手里！
> 你那颗瞎眼的头颅，
> 却是我进身的阶梯。（第四幕第五场 222~224 行）

奥斯华德很轻易就被打死了，但他的感叹则不那么容易被消除。因为正如莎士比亚所理解的那样，那不仅是道德败坏者的关键原则，也是剧本创作的关键原则。葛罗斯特，还有奥斯华德及其他人物，他们被创造出来——"有血有肉"——是为了增加莎士比亚的财富。莎士比亚没有否认这一事实。鉴于凭他的天赋和雄心，他怎么能否认呢？但我们所看到的从"梦"到"罪"的转换，反映了他对自己的才艺的本质及其所带来的风险的认识，而且这一认识在日益加深。

注　释

第一章

1. Ben Jonson, *Timber, or Discoveries*. 参见《哈姆雷特》第三幕第二场 221 行及《约翰王》第三幕第一场 74 行。
2. 除非另有说明,本书对莎士比亚作品的所有引用和括注中的行数均来自《诺顿版莎士比亚全集》:*The Norton Shakespeare*, ed. Stephen Greenblatt, Walter Cohen, Jean Howard, and Katharine Maus, 2nd. edn. (New York: W. W. Norton, 2008)。
3. 不仅在爱情中拒绝承认受到限制会导致灾难;事实证明,李尔王对孩子们的爱——他声称把一切都给女儿,并要求她们无条件地爱他——也是灾难性的。有关父母的诉求,见我的"Lear's Anxiety", *Learning to Curse: Essays in Early Modern Culture* (New York: Routledge, 1990)。
4. *Aesthetic Theory*, ed. Gretel Adorno and Rolf Tiedemann, trans. Robert Hullot-Kentor (Minneapolis: University of Minnesota Press, 1997), 213.
5. 莎士比亚被权威隐藏邪恶的能力和隐藏在光洁皮肤下疾病的意象吸引。《哈姆雷特》中充斥着这种意象,尤其是在王子渴望探查皮肤下的毒瘤(溃疡)时:"我要探视到他的灵魂的深处。"(第二幕第二场 574 行)这里特殊的权威"药物"不是用来治疗疾病的,而是在病症上盖上一层皮肤,以便该疾病在不被人发觉的情况下继续扩散。

第二章

1. 阿尔贝蒂所定义的美是一组物质特征,但它们与 15 世纪中期马西里奥·费奇诺(Marsilio Ficino)所阐述的新柏拉图主义的"开花"(blossoming),或对内在完美的展现有关:"内在的完美产生外在的完美。我们将前者称为善,将后者称为美。因此,我们说美是善的花朵,花的魅力令它就像一种诱饵,隐藏的内在美,即善,吸引着美的观赏者。但由于我们理智的认知来自感觉,如果我们不为外在美所吸引,我们就永远不会意识到,也永远不会渴望隐藏在事物内部的善本身。"引自 *Renaissance Faces*: *Van Eyck to Titan* (London: National Gallery, 2008), 31。

2. 尤见 Elizabeth Cropper, "On Beautiful Women, Parmigianino, Petrarchismo, and the Vernacular Style", *Art Bulletin* 58 (1976): 374 – 94, 及 Cropper, "The Beauty of Women: Problems in the Rhetoric of Renaissance Portraiture", *Rewriting the Renaissance: The Discourse of Sexual Difference in Early Modern Europe*, ed. Margaret Ferguson, Maureen Quilligan, and Nancy Vickers (Chicago: University of Chicago Press, 1986), 175 – 90。有关这一传统中男性形象,见 Stephen J. Campbell, "Eros in the Flesh: Petrarchan Desire, the Embodied Eros, and Male Beauty in Italian Art, 1500 – 1540," *Journal of Medieval and Early Modern Studies* 35 (2005): 629 – 62。

3. Nancy Vickers, "The Body Re – Membered: Petrarchan Lyric

and the Strategies of Description", *Mimesis*: *From Mirror to Method*, *Augustine to Descartes*, ed. John D. Lyons and Stephen G. Nichols (Hanover, NH: University Press of New England, 1982), 100–109.

4. 席勒:"内容不起任何作用,形式决定一切;因为人的整体性只受形式的影响,只有个体的能力才受内容的影响。内容无论多么崇高、多么全面,始终对精神起一种制约作用,只有从形式中才有希望获得真正的审美自由。因而,大师真正的艺术秘诀在'用形式消灭质料'。"*Aesthetic Education*, trans. Reginald Snell (New Haven: Yale University Press, 1954), 106。

温克尔曼:"[它的]形式除了组成美的点和线外,不可用其他点或线来描绘;因此形成了,一个既不属于某个特定的人,也不表达某种精神状态或激情的形象,因为把外来的东西混入美中,就会打破统一性。根据(空白之美)这个概念,美就像从清泉中汲取的最完美的水,它的味道越淡,就越健康,因为它净化了所有的杂质。"引自 Simon Richter, *Laocoon's Body and the Aesthetics of Pain*: *Winckelmann*, *Lessing*, *Herder*, *Moritz*, *Goethe* (Detroit: Wayne State University Press, 1992), 15。参照 Luca Giuiliani, "Winckelmanns Laokoon: Von der befristeten Eigenmächtigkeit des Kommentars", G. W. Most, ed., *Commentaries. Kommentare* (Göttingen: Vandenhoeck & Ruprecht, 1999), 4: 296–322, esp. 308。

5. 参见 Denis Donoghue, *Speaking of Beauty* (New Haven: Yale University Press, 2003)。

6. Mark Frank, *LI sermons preached by the Reverend Dr. Mark*

Frank... being a course of sermons, beginning at Advent, and so continued through the festivals: to which is added a sermon preached at St. Pauls Cross, in the year forty – one, and then commanded to be printed by King Charles the First (London: printed by Andrew Clark for John Martyn, Henry Brome, and Richard Chiswell, 1672), 89.

7. Ibid., 90 – 91. "我们的力量天然失调,这必然会给我们最纯粹的美蒙上一层阴影,并以某种外表的缺陷,无声地说出我们内在的缺陷,但是我们太迟钝,同属于一个模子,理解不了它;虽然在基督脸上不可能有这样的阴暗,但他也并非没有全然吸引人且正适合他及他之位的天赋。"

8. Ibid., 91.

9. John Wilkins, *An essay towards a real character, and a philosophical language* (London, 1668), chap. 8, pt. 5.

10. Thomas Aquinas, *Summa Theologica*, suppl. Q. 78. arts. 3, 5, 5: 2876 – 77, and Q. 79, arts. 1 – 2, 5: 2877 – 81, cited in Valentin Groebner, *Who Are You? Identification, Deception and Surveillance in Early Modern Europe* (Brooklyn, NY: Zone Books, 2007), 8.

11. Frank, *LI sermons*, 91.

12. British Library, Additional MS 23,069, fol. 11, cited in Laura Lunger Knoppers, *Constructing Cromwell: Ceremony, Portrait and Print, 1645 – 1661* (New York: Cambridge University Press, 2000), 80.

13. 巴萨尼奥继续以同样的方式,加深了怪诞的感觉:

> 至于那些随风飘扬
>
> 像蛇一样的金丝卷发,
>
> 看上去果然漂亮,
>
> 却不知是从坟墓中
>
> 死人的骷髅上借来的。(第三幕第二场 92~96 行)

在巴萨尼奥面对着鲍西娅的肖像,对她的美貌发出的赞美中,至少有一部分焦虑源自一种恐惧,因为他认为美貌和贞洁是对立的。参见皮埃特罗·阿雷蒂诺(Pietro Aretino)的一首十四行诗,该诗是关于提香于 1537~1538 年画的乌尔比诺公爵夫人埃莉奥诺拉·贡扎戈的肖像:"提香的画笔所表现出的色彩的结合,除了埃莉奥诺拉身上的和谐感之外,还表达了她的温和之心。谦虚以一种谦卑的态度和她同坐,纯洁存在于她的衣服中,羞怯给她的胸部和头发蒙上一层面纱,令她显得光彩夺目。爱以高贵的目光注视着她。贞洁和美貌这对永恒的敌人,就在她的形象中,而在她的睫毛间,可以看到上帝的宝座。"(*Renaissance Faces*, 30)。这幅肖像恰好拥有我试图分析的那种面无表情之态。

14. Lucretius, *On the Nature of Things*, trans. Martin Ferguson Smith (Indianapolis: Hackett, 2001), 4: 1152–54.
15. Ibid., 4: 1160–64.
16. Ibid., 4: 1176–77, 1181–85.
17. 对这一现象的精彩论述见 Joel Fineman, *Shakespeare's Perjured Eye: The Invention of Poetic Subjectivities in the Sonnets* (Berkeley: University of California Press, 1986), esp. 291。

18. Neville Williams, *Power and Paint: A History of the Englishwoman's Toilet* (London: Longmans, 1957), 18–20, 37–38.

19. Works of J. Lyly, ed. J. W. Bond (Oxford: Oxford University Press, 1902), 1: 184, 21–23. 维纳斯的痣和海伦的伤疤是16世纪和17世纪早期反复出现的图案。尤见Thomas Dekker, *The Gull's Hornbook* (1600), chap. 1: "世界发生了多么奇妙的变化！这也不足为怪，因为它已经病了将近五千年；所以它与古老的世界剧院（*théâtre du monde*）的相似程度，就跟古老的巴黎花园和巴黎的国王花园的相似程度一样。"

"因此，他是一个多么出色的工匠，他能将地球铸造成全新的模样；而不是让它看起来像马利诺（Mullineux）的地球仪——光滑的球面被用蛋清洗过；但要把它放在平面（*plano*）上，就像它在最初时那样，有着古老的圆圈、线条、平行线和图形；真实再现其所有的皱褶、裂缝、缝隙，以及它当初被创造出来时就有的缺陷［就像海伦脸颊上的痣，作为爱的磨刀石（*cos amoris*）］，它们令它看起来更迷人；现在那些沟渠里已被填满了白铅和朱砂；然而，这一切无济于事，它反而显得更加丑陋。来吧，来；这将是一个光秃秃的世界，但它会戴上假发；它的身体很肮脏，就像是热烘烘的家禽饲养场；它的呼吸像女仆的嘴一样臭，因为吃了那么多甜食；并且，要清除它，就将是比清扫奥革阿斯（Augeas）的牛厩或清除一片沼泽地更痛苦的劳作，然而我是一个曾经用长笛吹奏牧歌的人，我就是做这件事的笨蛋。"

20. 在17世纪一位法国诗人的幻想中，美丽的标志源于丘比特捕获了一只落在他母亲乳房上的苍蝇，并把它放在那里：

> 所有人都能看到
> 乳房突然有了一种
> 耀眼、明亮、灿烂的白色，
> 好像周围是一片黑色的云，
> 天空变得更加明亮湛蓝。

〔引自 Richard Corson, *Fashions in Makeup from Ancient to Modern Times* (London: Peter Owen, 1972), 166。〕

在 *Divine Weeks* 中，Du Bartas 请求上帝同意

> 您看到的最棒的地方，
> 在我所有的视野里，也许只是一只苍蝇，
> 在她的颈子上（比白雪更白），
> 让白色更白，最美丽的少女播下种子：
> （或像她额头上的天鹅绒，
> 或者，就像维纳斯漂亮脸颊上的痣）；
> 些许瑕疵也许会带来光彩，
> 原本恼怒，我却唱出最动听的歌来。

（引自 Trans. Josuah Sylvester, *The Divine Weeks of Josuah Sylvester*, 2nd book of the 4th day of the 2nd week, 553。）

21. "'污点'这个词在剧中首次出现，是阿埃基摩向波塞摩

斯描述那颗痣的时候。'你还记得她身上那颗痣吗？'此时，波塞摩斯已经通过手镯确信了伊摩琴的不忠，他回答，'嗯，它证实了她还有一个污点，大得可以充塞整个的地狱'（第二幕第四场138~140行）。在第二场有关赌局的戏中，痣被用来指称与夏娃和原罪有关的女性的污点。然而，当阿埃基摩第一次在伊摩琴身上看到这颗痣时，他把它描述为'梅花形，就像莲香花花心里的红点'（第二幕第二场38~39行）。红点别致地排列成了一朵花的花心的图案。当阿埃基摩为了哄骗波塞摩斯而玷污了与痣相关的花心意象时，它变成了一个污点，而那些与情欲和性犯罪有关的联想就转移到了血迹斑斑的衣服上。"引自 Valerie Wayne, "The Women's Parts of Cymbeline", in Jonathan Gil Harris and Natasha Korda, eds., *Staged Properties in Early Modern English Drama* (Cambridge：Cambridge University Press, 2002), 298。我要感谢瓦莱丽·韦恩提出的宝贵建议。

第三章

1. Carl Schmitt, *The Concept of the Political*, trans. George Schwab (Chicago：University of Chicago Press, 1996), 37.

2. 关于夏洛克公民身份的讨论，见 Julia Reinhard Lupton, *Citizen-Saints：Shakespeare and Political Theology* (Chicago：University of Chicago Press, 2005), 100。

3. Louise Richardson, *What Terrorists Want* (New York：Random House, 2006), 104-35. 见 NavidKermani, *Dynamit des Geistes：Martyrium, Islam und Nihilismus* (Göttingen：Wallstein,

2002)。

4. 在网站 http://www.stsimonoftrent.com 上可见现代人重现的邪恶的反犹传统。

5. "The Jewish Holiday of Purim, by Dr. Umayma Ahmad Al-Jalahma of King Faysal University in Al-Dammam," *Al-Riyadh*, March 10, 2002. (Source: Middle East Media Research Institute.) 在抗议活动之后,沙特阿拉伯媒体对该文章提出了一些批评。《国家报》(*Al-Watan*)专栏作家奥斯曼·马哈茂德·阿西尼(Othman Mahmud al-Sini)承认"犹太人对血的迷信可追溯到几个世纪以前,并因《威尼斯商人》而臭名昭著。在这部剧中,犹太商人夏洛克要求从剧中主角身上割下一磅肉,以换取欠他的一笔债务",但他也指出,"现在不是提出这个问题的时候"(2002年4月1日)。

6. 这一行动——独自果断地决定设计一个狡猾的阴谋——再加上夏洛克的野性智慧,或许还有他对金钱的痴迷,为莎士比亚对其笔下人物的认同提供了基础。

7. 夏洛克的这一说法可能会被推翻——人们可以说,安东尼奥吐唾沫的对象不是犹太人,而是放债人。毕竟,在剧中的早些时候,夏洛克提出借钱不要利息。安东尼奥异常亲切地接受了:"那么你去吧,善良的犹太人。"为强调"善良",他又对巴萨尼奥说:"这犹太人快要变做基督徒了,他的心肠变得好多了。"(第一幕第三场173~174行)但当然,对于一个靠放高利贷维持生计的犹太人来说,"善良"一词是安东尼奥吐的另一种形式的唾沫。

8. 关于这个等式在视觉艺术中的体现见 Ruth Mellinkoff, *Outcasts*:

Signs of Otherness in Northern European Art of the Late Middle Ages（Berkeley：University of California Press，1993）；Deborah Strickland，*Saracens，Demons，Jews：Making Monsters in Medieval Art*（Princeton：Princeton University Press，2003）；Joshua Trachtenberg，*The Devil and the Jews*（New York：Harper and Row，1966）。

9. "我们在剧中一直跟随着夏洛克，"德里克·科恩在一篇论《威尼斯商人》的充满激情的文章["The Question of Shylock"，*The Politics of Shakespeare*（Houndsmills，Baisingstoke：St. Martin's Press，1993）]中写道，"他就是为这一刻——举刀刺进安东尼奥的心脏——出生或被创造出来的……他和我们都从他说的每一个字，以及剧中关于他的每一个字中得到了暗示：他要杀人。"（32页）根据科恩的观点，夏洛克的崩溃是"一个戏剧性的暴行，对观众和角色本身都造成了伤害"（31页）。

10. 《奥瑟罗》从《威尼斯商人》的结尾处开始：一个已经改宗并被同化的外邦人，无论如何，至少在某些方面，仍被视为一个局外人。

11. Kenneth Gross，*Shylock is Shakespeare*（Chicago：University of Chicago Press，2006）.

12. 正是这种力量，以及奥瑟罗在进行戏剧性的自我展示方面的天赋，被反映在了他接受威尼斯元老院的任命，指挥塞浦路斯的驻军的场景中：

> 对于艰难困苦，
> 我总是挺身而赴。

我愿意接受你们的命令,

去和土耳其人作战。(第一幕第三场 229~231 行)

13. 《奥瑟罗》第五幕第二场 356 行。一个著名的文本症结:在对开本上是"犹太人"(Judean),但在四开本上是"印度人"(Indian)。在前一种情况下,重点是对"受割礼的狗子"的仇恨(第五幕第二场 364 行);在后一种情况下,重点是(欧洲人以为的)当地人容易受骗的特质以及无知。因此,"犹太人"在概念上似乎更接近奥瑟罗自杀前回想的"一个裹着头巾的敌意的土耳其人"(第五幕第二场 362 行),而"印度人"似乎更接近奥瑟罗自己描述的他这样"一个在恋爱上不智而过于深情的人"(第五幕第二场 353 行)。

14. 在 14 世纪的一份 John of Foxton 的 *Book of Cosmography* 抄本(Trinity College Library, Cambridge, MS R. 15. 21. fol. 14v)中,忧郁被描绘成一个刺伤自己的埃塞俄比亚黑人(参见 Strickland, *Saracens, Demons, Jews*, 35, 84, and fig. 2)。在 15 世纪中叶的一份巴伐利亚的 *Antichrist* 抄本(Staatsbibliothekzu Berlin, Preussischer Kulturbesitz, Berlin, MA germ. F. 733, fol. 4)中,一个埃塞俄比亚人、一个撒拉逊人和一个犹太人正在崇拜敌基督(同样参见 Strickland, plate 7)。对开本上部将一群戴头巾的埃塞俄比亚人与三个布莱米亚人联系在一起——奥瑟罗将他们视为"肩下生头的化外异民"(第一幕第三场 43~44 行)。Strickland 写道:"犹太人、穆斯林、埃塞俄比亚人和畸形种族(Monstrous Races)被彼此独立地描述为完全邪恶的

化身，同时又聚在一起为敌基督服务，这在一定程度上符合中世纪的逻辑。"（228页）

第四章

1. Thomas Starkey, *A Dialogue between Pole and Lupset*, ed. T. F. Mayer (London: Office of the Royal Historical Society, University College, London, 1989), 104.
2. Bernard Williams, *Shame and Necessity* (Berkeley: University of California Press, 1993), 42.
3. Ibid., 94.
4. 我所引诗句及部分场景出现在1607~1608年出版的此剧的四开本版本中，它们在对开本版本（1628）中被删去了。
5. 英国官方认可的酷刑在伊丽莎白和詹姆士一世统治时期达到顶峰。"在最严重的叛国案件中，"培根在给詹姆士国王的一份备忘录中写道，"酷刑是为了发现而不是为了求证。"见 Elizabeth Hanson, "Torture and Truth in Renaissance England," *Representations* 34 (1991): 53-84 and John H. Langbein, *Torture and the Law of Proof: Europe and England in the Ancien Régime* (Chicago: University of Chicago Press, 1977), 90。莎士比亚似乎认为接受酷刑是理所当然的，在《奥瑟罗》的结尾，伊阿古拒绝解释他为什么设计这一邪恶的阴谋：

> 什么也不要问我；你们所知道的，你们已经知道了；
> 从这一刻起，我不再说一句话。（第五幕第二场311~312行）

对此，其中一个在场者从道义上表示义愤填膺——"什么！你也不要祈祷吗？"——但另一个人的回应至少具有詹姆士一世时期的英国的特征："酷刑可以逼你开口。"（第五幕第二场 311~312 行）

为了使用酷刑，首先必须获得枢密院的授权书，授权书中会列明受害者的姓名和被指控的罪行。"但伊丽莎白统治时期是英国酷刑使用最频繁的时期。在 1540~1640 年的 81 例被记录下来的案件中，有 53 例（65%）是发生在伊丽莎白时期的。在 1589 年之前，酷刑的执行地是伦敦塔，1589~1603 年则是在伦敦的布赖德威尔（Bridewell），那里设有特殊的酷刑设备。"见 John Guy, *Tudor England* (Oxford: Oxford University Press, 1988), 318。Langbein 写道："我们认为，执行酷刑的权力在这里属于特权的一部分，不是肯定性的，而是防御性的。它源自王权豁免原则。君主在自己的法庭上不受起诉。国王和议会不仅能被豁免，还能令他们的代理人获得豁免。"（*Torture*, 130）

6. 引自 Langbein, *Torture*, 82-83。
7. 也许康华尔正在考虑如何为他折磨一个贵族的行为进行辩护，因为这种行为是违反英国惯例的。然而，葛罗斯特根本不是他的对手。

第五章

1. 阿多诺反复肯定审美自主性，只是为了限定这一主张，或者干脆将其收回。"即使最崇高的艺术作品，也会对经验现实采取一种确定的态度，跳出它所施加的约束咒语，不是一劳永逸，而是一次又一次地，在每一个历史时刻都具体地、无意识地向这个咒语发起争论……艺术的自主性和社会性（fait social）的双重品格在其自律的层面上不断得到再现。正是由于这种与经验主义的关系，艺术作品才是一种疗养、一种中立、一种曾经在生活中直接体验到的、一种被精神驱逐的东西。艺术作品之所以能有启蒙功能，是因为它们不说谎。"（*Aesthetic Theory*, 5）

2. *The Encyclopaedia of Architecture: Historical, Theoretical, and Practical* (New York: Crown Publishers, 1982), 795.

3. "后来，人们哗变了，他们来到主教府邸，要他处理这件事，这样他们就可以得到面包或者和平；于是，小议会的一些成员，对这些人和人民的苦难产生了同情，便同里昂主教、内穆尔公爵和其他叛乱分子的头面人物一起，来到御前会议，想与国王谈判让其接受他们提出的合理条件，尤其是关于自主性的请求。" Antony Colynet, *The true history of the ciuill vvarres of France, beweene the French King Henry the 4. and the Leaguers. Gathered from the yere of our Lord 1585. vntill this present October. 1591* (London, 1591), 8: 840. 这里的"自主性"指的是城市保持其公民独立的能力，但是 Colynet 指出了其中的一个矛盾。那些提议与国王谈判的人希望保持他们的自主性，但内穆尔公爵认为正是在这样的谈判中，自主性丧失了："人们谈论这件事，有些人完全倾向于和平，然而公爵作为城市的统治者愤怒地说，他宁愿看到这座城市被耗尽，然后消失，也就是说，如果把它交给国王，他会认为他已经失去了这座城市，于是他怒气冲冲地走了出去，不会再去考虑这件事了。"对公爵来说，臣服于国王——同意国王入主该城——和保持城市自主性不会同时发生。然而,在他愤怒地离开后,他的主张并没有占上风:"尽管如此,他们还是同意派使者去见国王,祈求永久的和平。"

4. London, 1623. 这一定义与康德的"道德自由"——自主意志的法则——概念有着特殊的预期关系,但两者间复杂而曲折的逻辑路径具体是怎么样的,这一问题超出了本书的范围,也超出了我的能力。

5. *Mr. William Shakespeare's comedies, histories, & tragedies* (London, 1623).

6. Anthony James West, *The Shakespeare First Folio: The History of the Book*, 2 vols. (Oxford: Oxford University Press, 2001), 1: 3. 博德利承认,有几部剧也许值得一看,但"我愈想愈觉得讨厌,在这样一个富丽堂皇的图书馆里,竟给这种书安排了一个房间"。

7. *The Trew Law of Free Monarchies: or the Reciprock and Mutuall Duetie Betwixt a Free King, and his Naturall Subiects*, in *King James VI and I, Political Writings*, ed. Johann P. Sommerville (Cambridge: Cambridge University Press, 1994), 73, 75.

8. 引自 Debora Shuger, *Censorship and Cultural Sensibility: The Regulation of Language in Tudor–Stuart England* (Philadelphia: University of Pennsylvania Press, 2006), 3。

9. 引自 Ernst H. Kantorowicz, *The King's Two Bodies: A Study in Mediaeval Political Theology* (Princeton: Princeton University Press, 1957), 99。

10. 参见 Oliver Arnold, "The King of Comedy: The Role of the Ruler and the Rule of Law in Shakespeare's Comedies," *Genre*

31 (1968): 1–31。

11. Ernst H. Kantorowicz, *The King's Two Bodies: A Study in Mediaeval Political Theology* (Princeton: Princeton University Press, 1957), 26.

12. Ibid., 390.

13. Ibid., 423，概括科克在"加尔文案"(*Calvin's Case*) 中的言论："……一个自然的身体……这个身体是全能上帝创造的，是会死的……另一个是政治身体……以人的策略为框架……就此而言，国王被认为是不朽的、不可见的、不受死亡影响的。"

14. 见 *Renaissance Self-Fashioning: From More to Shakespeare* (Chicago: University of Chicago Press, 1980), chap. 5。在马洛作品中，最接近于拥有绝对自主的人物是帖木尔大帝。

15. *Sir Philip Sidney's "An Apology for Poetry"*, ed. Geoffrey Shepherd (London: Thomas Nelson and Sons, 1965), 99–100. 所有关于锡德尼的引用皆源于此，除非另有说明。

16. 关于此例外的讨论见 Jeffrey Knapp, "Spenser the Priest," *Representations* 81 (2003): 61–78。

17. Lucretius, *On the Nature of Things*, trans. Martin Ferguson Smith (Indianapolis: Hackett, 2001), 2: 700–708.

18. Sidney's "Apology for Poetry," 102.

19. Ibid., 101.

20. 《仲夏夜之梦》至少稍稍涉及了有关贵族政治的内容，而莎士比亚在《安东尼与克莉奥佩特拉》中出色地演绎了逃离自然的思想。"当孩子和女人们把他们的梦讲给你听的

时候/你不是要笑的吗?"克莉奥佩特拉问她的罗马看守者道拉培拉,随后她开始讲述关于安东尼皇帝的奢华梦想:

> 他的两足横跨海洋;
> 他高举的胳膊罩临大地;
> 他对朋友说话的时候,
> 他的声音有如谐和的天乐,
> 可是当他发怒的时候,
> 就会像雷霆一样震撼整个宇宙。
> 他的慷慨是没有冬天的,
> 那是一个收获不尽的丰年;
> 他的欢悦有如长鲸泳浮于碧海之中;
> 戴着王冠宝冕的君主在他左右追随服役,
> 国土和岛屿是一枚枚从他衣袋里掉下来的金钱。(第五幕第二场 73~74、81~91 行)

当道拉培拉试图把她从幻想中唤醒——"克莉奥佩特拉!"——克莉奥佩特拉问他是否认为"过去与将来,会不会有/像我梦见的这样一个人?"对他礼貌但坚决的否定,她热情地答道:

> 你说的全然是欺罔神听的谎话。
> 然而世上要是真有这样一个人,
> 他的伟大一定超过任何梦想;
> 造化虽然不能抗衡想象的瑰奇,
> 可是凭着想象描画出一个安东尼来,

那幻影无论如何要在实体之前黯然失色。(第五幕第二场91~99行)

"造化不能抗衡想象的瑰奇",由此我们回到了锡德尼论点的核心,即在想象和自然的竞争中,被解放的想象力一定会赢,因为只有它才能创造出"瑰奇"的形式。但克莉奥佩特拉把这个论点颠倒了过来,现实中安东尼"超过任何梦想",因此他的存在是大自然有力的反击,证明了"幻影"的劣势。

然而,这一看法存在许多限定条件和讽刺之处,不仅是因为观众看到了安东尼作为人的局限性和力量,还是因为它本身的局限性。克莉奥佩特拉自己在提出这一看法时就表达了怀疑,或者说这一看法本身就是幻想的产物:"凭着想象/描画出一个安东尼。"正是因为克莉奥佩特拉喜欢这种幻想,而不喜欢她被囚禁的悲惨现实,她才会自杀:

我仿佛听见安东尼的呼唤,
我看见他站起来,夸奖我壮烈的举动;
我听见他在嘲笑凯撒的幸运,
那幸运是神灵日后愤怒的借口。
我的夫,我来了。(第五幕第二场274~278行)

21. See Jane Clare, "*Art Made Tongue-Tied by Authority*": *Elizabethan and Jacobean Dramatic Censorship* (Manchester: Manchester University Press, 1990); Richard Dutton,

Mastering the Revels: The Regulation and Censorship of English Renaissance Drama (London: Macmillan, 1991); Annabel Patterson, *Censorship and Interpretation: The Conditions of Writing and Reading in Early Modern England* (Madison: University of Wisconsin Press, 1984).

22. 这种未被表述出来的概念与阿多诺的审美自主性理论,即自主性依赖于对无目的性(purposelessness)的接受,并不完全相抵触。对阿多诺来说,最具雄心的现代主义艺术作品"通过他们在经验世界中的无力和多余……强调他们自身内容中的无力元素"(*Aesthetic Theory*, 104)。通过强调这种无力性,艺术挑战了资产阶级的社会秩序,而这种秩序强调的是权力和交换价值的积累。但这些构想的全部含义取决于康德的"无目的的合目的性"(purposefulness without purpose)这一审美原则,这种原则超出了莎士比亚自身的艺术(和商业)事业的范围。参见 Sianne Ngai, "The Cuteness of the Avant-Garde," *Critical Inquiry* 31 (2005): 811–47。在 Ngai 所分析的丘比娃娃(kewpie dolls)这类日本刻奇艺术品中的"可爱",与莎士比亚笔下娇小的仙女的"可爱"之间,存在着一种耐人寻味的关系。对这一关系的讨论将从观察莎士比亚准确地将仙女——当然,这要归功于他本人的影响力——变得娇小开始。有关"艺术无关紧要"的主张,见 Paul Yachnin, *Stage-Wrights: Shakespeare, Jonson, Middleton, and the Making of Theatrical Value* (Philadelphia: University of Pennsylvania Press, 1997)。对这一主张的其他重要学术思考,见 Pierre Bourdieu, *Outline of a Theory of Practice*,

trans. Richard Nice（Cambridge：Cambridge University Press，1977）。

23. 普洛斯彼罗在宣读"收场诗"前说："请你们过来。"（Please you, draw near.）（第五幕第一场 322 行）这句台词经常被描述成是对其他角色的招呼，但是"过来"的请求似乎更适合被当作对听众的邀请。就好像普洛斯彼罗期望他们都能靠近或者把身子向前倾。

索 引

（以下页码为原书页码，即本书页边码）

Adorno, Theodor: *Aesthetic Theory*, 96; and Horkheimer on the culture industry, 17; on individuality in Shakespeare, 4; interest in aesthetic autonomy, 95; on negativity, 113

Agincourt, battle of, 29, 79. See also *Henry V*

Alberti, Leon Battista: *The Art of Building*, 18; conception of beauty, 18, 22, 43; definition of ornament, 18

anti-Semitism, 52, 55, 57

Antony and Cleopatra, 3, 81, 45, 100–101; Cleopatra, 4, 41, 43, 45, 81, 100, 101

Apology for Poetry, The, 114–17, 120. See also Sidney, Sir Philip

Aquinas, Thomas: on the qualities of beauty, 43; on the resurrected body, 36

Arcadia, 115. See also Sidney, Sir Philip

Aristotle, 53, 114

artistic freedom: Barnardine as symbol of, 13; conceptual roots in Aristotle and Plato, 114; in Shakespeare and Sidney, 117

Art of Building, The, 18. See also Alberti, Leon Battista

Astrophil and Stella, 115. See also Sidney, Sir Philip

As You Like It, 3, 45, 121

authority: abuse of, 6–7; Adorno and Horkheimer on, 17; as danger to art, 120; hierarchies of, 3; limits and obligations of, 5

autonomy, 111; aesthetic, 95, 113, 117; aesthetic autonomy in Shakespeare, 5, 15, 119; Barnardine and, 15; in *Coriolanus*, 108–10; earliest uses of word, 95; mental, physical, social, 106; poetic, 117; ruler's, 105; Shakespeare's interest in, 106; Sidney on actors and, 92

Barnardine, 7–16. See also *Measure for Measure*

bastards, 59

Baumgarten, Alexander Gottlieb, 95

beauty: Alberti's definition of, 18, 22, 43; Aquinas on, 43; associated qualities in Shakespeare, 25; effect of Christianity on idea of, 35; Elizabethan norms of, 4, 41, 113; featurelessness, 4, 18, 24, 42–43; grace, 2–3; Lucretius on, 39–40; qualities of, 22; as unnerving, 38–39; Winckelmann on, 24, 26

Beilis, Mendel, 57
blazon, 22–24, 45
Boccaccio, Giovanni, 22, 46
Bodley, Thomas, 98
Bosch, Hieronymus, 53
Bourdieu, Pierre, 98
Brooke, Ralph, 98
Buchanan, George, 77

Calvin, John, 2
Catherine of Siena, 28
Charles the Bold, 37
Chaucer, Geoffrey, 56
chimera, 114–15
Chronicles, Holinshed's, 102
Clinton, President Bill, 74–75, 84
Cockeram, Henry, 95
Coke, Sir Edward, 112
Comedy of Errors, The, 102–4
Condell, Henry, 98
Corinthians, first epistle to the, 119
Coriolanus, 15, 77, 84, 106–10;
    Coriolanus, 29, 81, 106–7, 109–11, 115
Cromwell, Oliver, 36
Croxton Play of the Sacrament, 53
cultural capital, 98
cultural mobility, 53, 70
Cymbeline, 4, 45–46, 48

Dekker, Thomas, 14
de la Boétie, Etienne, 77
Deuteronomy, 69
Don Giovanni, 96
Dostoevsky, Fyodor, 10, 90

Elizabeth I (queen), 24, 77, 101–2
English dictionarie, or an interpreter of hard English words, The, 95
epilogue: to *Henry V*, 79; to *A Midsummer Night's Dream*, 119–21;
to *The Tempest*, 5–6, 121
Everyman, 12
executions: in *The Comedy of Errors*, 103; in *Measure for Measure*, 6, 8; in Shakespeare's London, 13

Fawkes, Guy, 88
Field, Nathan, 99
First Folio, 98
Francesca, Piero della, portrait of Federico da Montefeltro, 29
Francis of Assisi, 28
Frederick II, 102
Frederyke of Jennen, 46. See also *Cymbeline*
freedom, 1, 3; absolute, 15; artistic, 3, 13, 114–15, 117; in a political sense, 77–78, 101–2; radical, 112, 117

Gerard, John, 87–88
Groebner, Valentin, 37
Gwilt, Joseph, 95

Hamlet, 1, 24, 41, 76–77, 79–80, 105
hatred, 5, 62; individualization through 15; limits of, 67, 113; *Othello* a play about limitless, 70; pathological, 57–59
Heminges, John, 98
Henry IV, Part 1, 96
Henry V, 29, 79
Henry VI, Part 1, 25, 26, 29–32, 79
Henry VI, Part 2, 26, 29, 79
Henry VII (king), 112
Henry VIII (king), 77
Herbert, Philip, first Earl of Montgomery and fourth Earl of Pembroke, 98
Herbert, William, third Earl of Pembroke, 98
Holinshed's *Chronicles*, 102

James I (king), 101–2
Jews, 54, 56, 60
Jonson, Ben, 121; on Shakespeare's nature, 1; on Sidney's face, 116; time in prison, 14
Joyce, James, 43
Julius Caesar, 77–78, 81, 83–84, 100

Kantorowicz, Ernst, 105
King John, 32–33
King Lear, 37, 63, 78, 80, 81, 92–93, 105, 111–12, 122; bastardy, 59–60; torture of Gloucester, 85–90
Kyd, Thomas, 14

Lactantius, 110
Lely, Peter, 36
Leonardo da Vinci, *Lady with an Ermine*, 21; portrait of Ginevra de' Benci, 21
libertinism, 96
limits: at end of *King Lear*, 94; of hatred, 15–16, 67, 70–71, 113; limitations of plays, 44, 122; limitless hatred, 72–73; limitless will, 114; poetic limitations of nature, 115; of power, 5; refusal to acknowledge, 3
Love's Labour's Lost, 4, 22, 23, 41
Lucretius, *On the Nature of Things*, 39–40, 115
Lyly, John, 43

Macbeth, 74–80, 84–85, 105
Marlowe, Christopher, 82, 114; Ithamore the Turk and the Jew of Malta, 56; time in prison, 14
masques, 101
Measure for Measure, 17, 43, 81; Barnardine, 7–16; head trick, 6–13; substitutes and interchangeability in, 10–12
Merchant of Venice, The, 5, 38–41, 52–54, 60, 62, 64–70; Shylock, 5, 16, 54–55, 59–61, 63, 65, 71–72; Shylock's hatred of Antonio, 15, 57, 61–62, 66–67, 71
metoposcopy, 26
Middleton, Thomas, 14
Midsummer Night's Dream, A, 15, 33, 41, 104–5, 117–21
Montaigne, Michel de, 77
Mor, Anthonis, portrait of Mary Tudor, 33
morality plays, 12
Much Ado about Nothing, 37, 45, 121
Musil, Robert, 18

Nashe, Thomas, 14
negation: Adorno on negativity, 113; art and, 96; Coriolanus as figure of, 108; hatred and, 4; individuation and, 15, 55, 59

Othello, 3, 5, 16, 24, 32, 48, 67, 70–73; Iago, 16, 57–59, 63, 70–73, 122

Petrarch, Francesco, 22
Pinsky, Robert, 74
Plato, 82, 114
portraiture of Rome and the Renaissance, 33–36
Psalm 79, 56

Rape of Lucrece, The, 99
religion: Catholic tradition and scars, 28; Christianity, Judaism, and Islam, 53; effect of Christianity on idea of beauty, 35; medieval theatrical rituals, 96; persecution of Catholics in England, 87–88;

religion (*continued*)
    Protestant reforms and theology, 2–3
Richard II, 79, 80–81, 84, 105, 111
Richard III, 26–27, 57–59, 63, 76–79, 84, 105, 122
Roman de la Violette, 46. See also *Cymbeline*
Romeo and Juliet, 3, 25, 41

Santa Maria Novella, façade of, 18. See also Alberti, Leon Battista
Saunders, Richard, 26
scars: exceptions to ugliness, 28–29; and the resurrected body, 36; as sign of individuality, 15; as sign of property 37–38; on women, 29
Schiller, Friedrich, 24
Schmitt, Carl, 53
Shakespeare, life of: coat of arms, 98; father a glover, 24; himself a player, 117; turn to patronage, 99
Shakespeare the playwright: as brand name, 97–98; comedies, 13, 102, 105; conditions of the public theater 96; dangers of playwriting, 14, 121; ekphrasis, 39; history plays, 79, 93; identification with Iago, Shylock 71; parallel with Oswald, 122; problem comedy, 14, 17; tragedies, 79, 93; use-value of plays, 121
Shylock. See *Merchant of Venice, The*
Sidney, Sir Philip: *Apology for Poetry*, 114–17, 120, 122; *Arcadia*, 115; on artistic freedom, 117; *Astrophil and Stella*, 115; on imitation and laws of nature, 115–16; on virtue, 116; Veronese portrait of, 116; vision of liberated imagination, 120
Sonnets, 4; the Dark Lady of, 4, 41, 43; Sonnet 2, 25; Sonnet 22, 26; Sonnet 63, 113; Sonnet 65, 112–13; Sonnet 66, 120; Sonnet 69, 18–21; Sonnet 110, 97; Sonnet 111, 97; Sonnet 115, 41–42; Sonnet 130, 41; Sonnet 141, 42; Sonnet 147, 42; Sonnet 148, 42; Sonnet 152, 42; to the young man, 112–13
Starkey, Thomas, 77
stigmata, 28

Taming of the Shrew, The, 25, 45
Tempest, The, 5–6, 81–83, 121–22
theater, social attitudes toward, 96, 97, 98
Timon of Athens, 96
Titus Andronicus, 57, 58, 59, 77
torture: in Elizabethan and Jacobean England, 87–88; in *King Lear*, 85–89
Trew Law of Free Monarchies, The, 101–2
Troilus and Cressida, 3
Twelfth Night, 22–23, 121
Two Gentlemen of Verona, 40–41

Venus and Adonis, 4, 24, 99
Veronese, Paolo, 116
Virgil, *Georgics*, 115

Wilkins, John, 36
Williams, Bernard, 82–83
Winckelmann, Johann Joachim, 24, 26
Winter's Tale, The, 26–28, 39, 45
Wriothesley, Henry, third Earl of Southampton, 99

Yorke, Sir John and Lady Julyan, 88

图书在版编目(CIP)数据

莎士比亚的自由/(美)斯蒂芬·格林布拉特(Stephen Greenblatt)著;唐建清译.--北京:社会科学文献出版社,2020.5

书名原文:Shakespeare's Freedom
ISBN 978-7-5201-5277-8

Ⅰ.①莎… Ⅱ.①斯… ②唐… Ⅲ.①莎士比亚(Shakespeare,William 1564-1616)-文学评论 Ⅳ.①I561.063

中国版本图书馆 CIP 数据核字(2019)第 263245 号

莎士比亚的自由

著　　者 / 〔美〕斯蒂芬·格林布拉特(Stephen Greenblatt)
译　　者 / 唐建清

出 版 人 / 谢寿光
责任编辑 / 钱家音　张金勇

出　　版 / 社会科学文献出版社·甲骨文工作室(分社)(010)59366432
　　　　　　地址:北京市北三环中路甲29号院华龙大厦　邮编:100029
　　　　　　网址:www.ssap.com.cn
发　　行 / 市场营销中心(010)59367081　59367083
印　　装 / 三河市东方印刷有限公司

规　　格 / 开　本:889mm×1194mm　1/32
　　　　　　印　张:6　插　页:0.5　字　数:131千字
版　　次 / 2020年5月第1版　2020年5月第1次印刷
书　　号 / ISBN 978-7-5201-5277-8
著作权合同
登 记 号 / 图字01-2017-5958号
定　　价 / 49.00元

本书如有印装质量问题,请与读者服务中心(010-59367028)联系

▲ 版权所有 翻印必究